Die 13. Prophezeiung

Valentine Ermatinger

Die
13. Prophezeiung

Nagel & Kimche

© 1987 Verlag Nagel & Kimche AG, Zürich
Alle Rechte der Verbreitung, auch durch Film, Funk und Fernsehen,
fotomechanische Wiedergabe, Tonträger jeder Art und auszugsweisen
Nachdruck, sind vorbehalten
Umschlag von Anne Tonnac
Gesetzt in der Baskerville Antiqua
ISBN 3-312-00713-5

Vorspiel

Es fing an – ja, wann fing es eigentlich an? Die meisten hörten zum ersten Mal in den Abendnachrichten des 14. Juli davon.
Wenn die Leute später an diesen Tag zurückdachten (was häufig geschah), drehten sich ihre Gespräche stets um das gleiche Thema.
«Weißt du noch, wie heiß es damals war? Und wie wir klagten, das sei nicht normal? Nicht normal, hatten wir eine Ahnung! Dabei war doch gerade dieser 14. Juli...»
«Wahrhaftig, du sagst es. Ach, wäre bloß alles wieder so normal wie an jenem Tag, ich wüßte vor Glück nicht, was ich täte!»
«Und ich erst! Ich würde verrückt...»
«Zerspringen würde ich vor Freude!»

Aber das kam erst später. Jetzt ist erst der Nachmittag dieses 14. Juli, und es ist noch gar nichts passiert. Wenigstens nicht in Pottinghill, einer kleinen Stadt an der südöstlichen Meeresküste. Die Häuser stammen zum Teil noch aus dem Mittelalter. Dafür haben sie alle ihr eigenes Gesicht und eine gewisse Behaglichkeit. Es ist wirklich schrecklich heiß. Man sieht die Luft über den Hausdächern flimmern. Die Pottinghiller sitzen hinter geschlossenen Fensterläden, nehmen wohl fünfmal am Tag ein kaltes Bad und sind trotzdem schlapp vor Hitze.
Im Holzlager hinter dem Schreinerhaus ist es besser auszuhalten. Hochgeschichtete Bretterstapel bedecken den Platz in langen Reihen. Die Gänge dazwischen sind nur schmal. Sie sind im Winter geschützt und im

Sommer kühl. Hier spielen das ganze Jahr hindurch die Kinder von Pottinghill.

Überall liegt Spielzeug herum. Wird irgendwo ein Seitengang wenig benützt, so verwandelt er sich schnell in ein Piratenschiff oder wird zur Schatzkammer, zum Geheimverlies umgebaut. Am Ende der breitesten Sackgasse steht eine mit alten Vorhängen dekorierte Theaterbühne. Und alle paar Meter pendelt von Balken zu Balken quer über die Gasse eine Hängematte, oft mit einem noch aufgeschlagenen Buch darin.

Im Augenblick aber ist gerade Schulzeit und niemand da. Das heißt – doch. Eine lange, magere Gestalt huscht verstohlen durch die Gänge. Der Räuberhäuptlingsschnauz ist sogar in diesem Halbschatten nicht zu übersehen. Ein wahres Prachtding von einem Schnauz, und das bei einem so jungen Mann. Er kann höchstens zwanzig sein.

Was macht er bloß? Bald hier, bald dort dringt er in ein Heiligtum der Kinder ein und scheint dort herumzufummeln.

Jetzt kniet er. Er greift mit dem Arm tief unter die Bretter, zerrt eine Blechdose hervor und öffnet sie. Es ist eine Schatzkiste.

Er streckt die Hand aus und nimmt – nein, falsch, er legt hinein – ein nigelnagelneues Taschenmesser. Darauf verschließt er die Schachtel sorgfältig, schiebt sie zurück in ihr Versteck und geht weiter. Der Knoten einer Hängematte sitzt locker, er knüpft ihn fest. Er füllt das Huhn aus Blech von Peggy Rotschopf mit winzigen Zuckereiern auf, damit es zur Verblüffung seiner Besitzerin auch heute wieder legen wird. Anschließend bestückt er ein leergegessenes Tischlein-deck-dich mit Kakao, Saft und Kuchen...

Es scheint ein recht netter Mensch zu sein. Weshalb denn in aller Welt dieses verdächtige Auf-den-Zehen-Schleichen?

Ein erwachsener Pottinghiller allerdings hätte bei diesem Anblick geschmunzelt. Soso, war Simon Wood, dieser Kindernarr, mal wieder auf Zaubertour. Wenn er schon sein Holzlager in eine Welt der Fantasie verwandeln läßt, muß er auch für Wunder sorgen. Ein wenig schwierig, wenn man nur Schreinermeister ist und kein Zauberer. Da hilft nur ein bißchen schummeln...

Als die Eltern letztes Jahr kurz hintereinander starben, war der Familienbetrieb an Simon gefallen, der gerade die Meisterprüfung bestanden hatte. «Sagt es mit Holz» stand auf seinem Leibchen. In seinem Haar hafteten Hobelspäne. Seinen feinen und doch kräftigen Händen sah man an, daß einfach gelingen mußte, was er in Angriff nahm.

Die Kinder gingen für ihn durchs Feuer. Und sogar die Erwachsenen vergaßen bei ihm ihren Ärger, ohne daß sie hätten sagen können, wie das geschah.

Nach beendeter Zaubertour besann sich Simon wieder auf seinen Broterwerb und machte sich auf die Suche nach einem Brett. Es sollte eines aus Palisanderholz sein, die Maserung in einem bestimmten Flammenmuster. Er brauchte es für seine Spezialität: eine Hochzeitstruhe.

Während Simon pfeifend weiterarbeitete, saßen die Kinder gelangweilt in der Schule und hörten sich an, was sie beim letzten Diktat falsch gemacht hatten. Sie hätten viel lieber am Häuschen weitergebaut, das am Waldrand hinter Simons Holzlager entstand, das war der Mühe wert.

Nachdem es endlich geläutet hatte, stürmte die Baumannschaft vollzählig in die Schreinerei. «Hallo, Simon. Guten Tag. Du, sag mal, sollen wir den Dachabschluß mit Ziegeln machen oder aus Blech? ... Glaubst du, die Farbe der Fensterläden ist schon trocken genug für den zweiten Anstrich? ... Was hältst du von dieser Skizze für das Bild an der Außenwand? ... Kannst du mir mal schnell einen Hammer leihen? ...»

Das Kinderhaus stand am Waldrand inmitten von blühendem Holunder. Die Kinder hatten es aus echten Backsteinen und Mörtel erbaut und jede Menge Abfallholz dafür verwendet. Nun war es fast fertig. Etwas schief war es schon. Und doch, bestimmt gab es im ganzen Land kein zweites Mal ein so herrliches kleines Haus.

Die Kinder arbeiteten daran, bis es dunkel wurde. Als es an jenem 14. Juli Zeit wurde für die Spätnachrichten, waren sie alle schon zu Hause und schliefen.

Und dann, am nächsten Morgen...

Peggy Rotschopf merkte schon beim Aufwachen, daß etwas nicht stimmte. Sie vermißte ein bestimmtes Geräusch. Aber welches?

Dann kam sie drauf. Sie hörte jemanden im Badezimmer hantieren und wußte, daß es ihr Vater war. Sie hörte auch das Rauschen der Dusche. Aber sie hörte ihn nicht singen. Das aber hatte er getan, solange sie sich erinnern konnte.

War vielleicht das neue Baby, das erst in ein paar Wochen erwartet wurde, schon auf die Welt gekommen? Aber dann würde ihr Vater erst recht singen. Oder ... oder war am Ende etwas schiefgegangen?

Mit einem Satz war Peggy aus dem Bett und rannte aus

dem Zimmer, um sich Klarheit zu verschaffen. Aber auf dem Gang begegnete sie ihrer Mutter, und gottlob, das Baby war noch deutlich bei ihr drin.
Erleichtert ging Peggy in ihr Zimmer zurück, um sich anzuziehen. Dabei fiel ihr auf, daß auch die Geräusche von der Straße her anders klangen als sonst: nervös und schrill. Da war ein dauerndes Aufheulen von Motoren und Gekreisch von Bremsen.
Als sie zum Frühstück kam, war ihre erste Frage, was heute denn los sei. Ihre Mutter schwieg. Und vom Vater bekam sie eine Antwort, die stark nach fauler Ausrede roch – ausgerechnet von ihrem Vater, der sie nie, aber auch gar nie anschwindelte.
Da wußte Peggy endgültig, daß etwas Schlimmes im Gange war.

Das Rätsel der alten Handschrift

Am Nachmittag hatten die Kinder schulfrei. Als sie aber diesmal die Werkstatt betraten, hatten sie den Hausbau völlig vergessen. Stattdessen fragten sie: «Simon, kannst du uns vielleicht sagen, was mit den Großen los ist? Seit heute morgen machen sie alles verkehrt!»
Einer der Jungen sagte: «Nimm zum Beispiel meinen Vater. Der ist wirklich die Pünktlichkeit in Person. Aber heute ging er nicht zur Arbeit. Blieb einfach daheim, stell dir das vor. Als ich um acht in die Schule ging, saß er im Pyjama vor dem Fernseher, und als ich

um viertel nach zwölf heimkam, saß er immer noch im Pyjama davor. Es waren ein paar Nachbarn dazugekommen, und meine Mutter war auch dabei. Aber ich durfte nicht einmal ins Zimmer.»
«Das ist noch gar nichts. Ihr hättet erst meine Mutter beim Frühstück sehen sollen!» trumpfte ein Mädchen auf. «Sie goß den Tee ein, daß er nur so überschwappte. Aber meint ihr, sie hätte aufgehört? Sie goß seelenruhig weiter, bis es vom Tischtuch in Strömen hinunterlief.»
Simon wickelte sich ganz langsam einen Hobelspan um den Finger. Schließlich sagte er: «Es war eine Meldung gestern abend in den Spätnachrichten. Ich glaube gerne, daß sich jeder heute merkwürdig benimmt. Mir gefällt die Sache auch nicht.»
«Welche Sache denn? So sag doch endlich, was los ist!»
Simon schüttelte den Kopf. «Wenn eure Eltern es nicht sagen möchten, kann ich es schlecht ausplaudern.»
«Vielleicht erlauben sie, daß du es uns erzählst.»
«Dann fragt sie!»
Da trabten alle Kinder heim und fragten. Sämtliche Eltern sagten ja.
Als alle zurück waren, erkundigte sich Simon: «Wo ist eigentlich Peggy Rotschopf? Ich habe sie den ganzen Tag noch nicht gesehen.»
«Die muß daheim helfen, weil ihre Mutter bald ein Baby bekommt.»
«Dann müssen wir wohl ohne sie anfangen. Aber gehen wir lieber zu eurem Häuschen, an die Sonne. Es ist keine sehr schöne Geschichte, die ich euch erzählen werde...»
Also gingen sie alle zum Waldrand. Die Kinder suchten sich möglichst nahe bei Simon einen Platz zu

ergattern, und Simon lehnte sich gegen den dicksten Holunderstamm, verschränkte die Hände hinter dem Kopf und streckte seine langen Beine aus.
«Ich werde euch nur das berichten, was im Fernsehen kam und kein Wort hinzufügen. Ihr kennt doch sicher die alten Burgruinen. Sie werden nicht mehr bewohnt und verfallen allmählich, aber schön sind sie immer noch.
Nun stand vor ein paar Monaten ein solcher Burgfels jenseits des Meeres dem Bau einer Autobahn im Wege und sollte deshalb gesprengt werden. Die Burg war aber nicht nur uralt, sondern auch eines der besterhaltenen mittelalterlichen Bauwerke. Man beschloß daher, die Ruine Stein um Stein abzutragen, die Steine zu numerieren und zu verpacken und die Burg an einem andern Ort genau gleich wieder aufzubauen. Dabei stieß man in der Kellermauer auf einen Stein, der bei näherem Hinsehen gar keiner war, sondern die Rückseite eines Buches. Es war so kunstvoll ins Gemäuer eingepaßt, daß es von bloßem Auge nicht von der Wand zu unterscheiden war. Nur durch den Abbruch kam an den Tag, was hier viele Menschenalter lang versteckt gelegen hatte.
Das Buch entpuppte sich als Manuskript von atemberaubender Schönheit. Die Pergamentseiten sind dank dem geschützten Aufbewahrungsort kaum vergilbt. Der Text steht in gestochen klarer Handschrift; die ersten Buchstaben der Kapitel sind vergoldet und phantasievoll ausgeschmückt. Es gibt aber auch ganzseitige Malereien, jede einzelne ein kleines Meisterwerk. Sie haben das Buch am Fernsehen gezeigt, du glaubst deinen Augen nicht.
Die Arbeiter brachten ihren Fund zum Bauführer. Der

wußte auch nicht recht, was er damit anfangen sollte. Die paar Worte, die er entziffern konnte, ergaben keinen Sinn. Dafür waren die Bilder um so deutlicher. Alle handelten sie von Krieg und Folter, Hunger und Not. Er beschloß, das Buch dem Pfarrer zu bringen.»
«Warum ausgerechnet zum Pfarrer?» wollte ein Junge wissen.
«Weil er glaubte, die Handschrift könnte vielleicht auf Latein geschrieben sein. Und das war sie auch. Als der Pfarrer die Seiten überflog, war er zuerst Feuer und Flamme. Dann blätterte er immer hastiger, immer aufgeregter, bis er bei der letzten Seite ankam. Dort aber, das bezeugen der Bauführer und die ebenfalls anwesende Haushälterin, bekam er fast einen Herzanfall vor Schreck. Und das war sehr merkwürdig, denn nach all den vorangegangenen Greueldarstellungen schien hier etwas Friedliches abgebildet: ein Ball. Ein blau-rot gefleckter Kinderball, rund und prall und glänzend. Eigentlich ganz harmlos, würde man meinen. Aber die beiden Zeugen sagten, nein, auch auf sie habe der Ball bedrohlich gewirkt. Weshalb das so war, wußten sie beim besten Willen nicht zu sagen.
Auch vermochten sie den Ball nur vage zu beschreiben. Beide erklärten, die Zeichnung darauf erinnere an etwas Bekanntes, bloß kamen sie nicht drauf, was es war. Der Bauführer murmelte etwas von einer mißlungenen Landkarte, nur sei es nicht wirklich eine. Aber darin waren sie sich einig: Der Ball war ausgesprochen unheimlich.
Und so dachte wohl auch der Pfarrer. Er, der sonst nur am Sonntagabend ein einziges Gläschen Anisette nippte, stand auf, wankte zum Schrank, schenkte sich ein Zahnputzglas randvoll mit purem Whisky ein und

trank es in einem Zuge leer. Dann schloß er sich die ganze Nacht über mit der alten Handschrift in seinem Studierzimmer ein. Und als der Morgen graute, rannte er bleich und mit verstrubbeltem Haar zum Haus hinaus, um den Frühzug nach der Landeshauptstadt zu erwischen.

Als der Pfarrer zwei Tage später ohne Handschrift heimkehrte, wußte es schon das ganze Land. Die Reporter warteten bereits auf der Türschwelle. Doch umsonst. Kein Wort wollte der Pfarrer über das merkwürdige Manuskript verlauten lassen, nichts konnte sein hartnäckiges Schweigen brechen bis auf den heutigen Tag.»

Hier unterbrach Simon. Die Kinder bestürmten ihn: «Weiter, los doch! Was stand denn in dem Buch? Ist das der Grund für die Sorgen unserer Eltern?»

«Eins nach dem andern. Dieses Manuskript ist schuld an ihren Sorgen, jawohl. Es beschreibt Ereignisse, bei denen sich jedem die Haare sträuben. Der Pfarrer hat die Handschrift dem Innenminister persönlich überbracht. Aber die Reporter gaben keine Ruhe. Und so wurde das Manuskript gestern abend der Öffentlichkeit vorgestellt. Aber auch da wollte der Minister es keine Sekunde aus den Händen geben. Dabei zeigte er fast alles, auch die Bilder. Wer Latein versteht, konnte den Text mitlesen, für die andern wurde die Übersetzung mitgeliefert.»

Simon unterdrückte ein Schaudern. «Es war schrecklich», sagte er leise. «Sogar über das Fernsehen spürte man das Böse, das dieses Pergament ausstrahlt. Offen gestanden, ich habe mich noch nie so gefürchtet wie heute nacht.»

«Was, ist das alles? Ihr laßt euch ins Bockshorn jagen von ein paar Greuelmärchen aus dem Mittelalter?»

«Märchen ist gut! Die Ereignisse haben genau wie beschrieben stattgefunden. Ob die Angaben nun Ursache, Ablauf, Ort oder Datum betreffen, sie sind bis aufs i-Tüpfelchen richtig.

Und das ist sensationell: Die Geschehnisse, die der Verfasser so ausführlich beschreibt, als sei er dabei Augenzeuge gewesen, fanden alle nach seinem Tod statt. Und doch hat er davon gewußt. Mit andern Worten, bei diesen 13 Tatsachenberichten handelt es sich um Blicke in die Zukunft, um Prophezeiungen. Der Verfasser muß ein Hellseher gewesen sein, einer der wenigen wahren Propheten.»

Hier aber unterbrach einer der größeren Jungen verächtlich: «Hellseher? Aber, Simon, das glaubst du selber nicht. Das ist doch Unsinn.»

«Würde man meinen, ja», gab Simon zu. «Wir modernen Menschen glauben nicht mehr an Propheten. Und doch ist da etwas Merkwürdiges. Die 12. Prophezeiung handelt vom Meteoriteneinschlag im letzten Jahr, doch wird dafür eine andere Ursache angegeben, als wir annahmen. Daraufhin untersuchte man den Fall von neuem... Die Handschrift bekam in allen Punkten recht. Unsere Wissenschafter hatten sich geirrt.»

«Na und?» beharrte der Junge. «Dann ist er eben besser informiert, dein sogenannter Seher. Der Mann lebt natürlich jetzt. Er hat seine Chronik erst kürzlich geschrieben und nur auf alt frisiert. Ganz schlauer Trick, sie dann in jener Burg zu verstecken, wo man sie unbedingt finden mußte bei diesem Abbruchverfahren.»

Simon lachte: «Der reinste Fernsehkrimi, was? Dabei

ist dein Einwand völlig richtig; das Entstehungsdatum der Handschrift ist tatsächlich der springende Punkt. Stammt sie aus unserer Zeit, dann ist sie nur ein hübscher Schwindel und wir können sie vergessen. Stammt sie tatsächlich aus dem Mittelalter, so handelt es sich um Prophezeiungen, die man ernstnehmen sollte. Denn sie treffen ein, das ist bewiesen. Die Handschrift irrt sich nie. Es laufen im Moment fieberhafte Untersuchungen, um ihre Echtheit festzustellen. Es wird jede nur erdenkliche Untersuchungsmethode auf dieses Dokument angewendet.»
«Tut mir leid, ich komme da trotzdem nicht mit», protestierte eines der Mädchen. «Dann sind es eben Prophezeiungen, und dann sind sie eben scheußlich. Kann uns doch egal sein. Hauptsache, sie liegen hinter uns. Weshalb denn die ganze Aufregung?»
«Weil erst zwölf hinter uns liegen, nämlich die, wovon uns der Minister Text und Bilder zeigte. Doch während der ganzen Sendung hielt er die Schlußseite mit dem Kinderball krampfhaft zu, so sehr man ihn auch bestürmte. Dort muß die Nummer 13 beschrieben sein. Und die – die ist noch fällig!»

Die blaue Farbe

Peggy Rotschopf hatte Simons Erklärung verpaßt, und das ärgerte sie gewaltig. Seit Jahren waren sie und er dicke Freunde – seit jenem Tag, als sie ihren ersten Zahn verlor. Sie hatte ihn voller Stolz überall herumgezeigt und war auf ihrem Rundgang auch in die Werkstatt gekommen, wo Simon damals bei seinem Vater in der Lehre war.

Bald saß Peggy mit baumelnden Beinen auf der Hobelbank und sah ihm bei der Arbeit zu. Alles an ihr schien vor Lebendigkeit zu tanzen. Sogar ihr kastanienbraunes Haar mit dem warmen Rotstich sprang aus seinem straffen Zopf, wo es nur ging. Simon fand, an Peggy stimme einfach alles, von den Sommersprossen bis hin zu ihrem Familiennamen Rotschopf.

Sie unterhielten sich so gut, daß Simon seinen Leimtopf beiseite stellte und eigens für diesen Zahn ein wunderschönes kleines Kästchen schnitzte. Und lustig wirkte es, fast so, als wäre Peggys Lebensfreude mithineingeraten.

Er schmirgelte gerade an der letzten Ecke herum, als eine Kundin die Werkstatt betrat und sich beim Anblick seiner Arbeit so begeisterte, daß sie eine Hochzeitstruhe nach diesem Muster für ihre Tochter bestellte.

Damit hatte Simon seinen Weg gefunden. Hochzeitstruhen wurden über Nacht zum letzten Schrei. Simon gestaltete jede Truhe anders, und jede gelang noch ein wenig besser als die vorherige. Mit knapp zwanzig Jahren war er bis weit über die Landesgrenze hinaus bekannt.

Peggy Rotschopf war sehr stolz auf Simons Erfolg. Schließlich hatte alles mit ihrem Zahn angefangen.

Seit heute morgen aber konnte sie ihn nicht mehr ausstehen. Da hatte doch dieser Simon die Sache mit der 13. Prophezeiung hinter ihrem Rücken mit den andern Kindern besprochen, ohne auf sie zu warten. Peggy war stocksauer.

Inzwischen war auch Simon in Gedanken versunken. Mit Peggy allerdings hatte es nichts zu tun, ja nicht einmal mit der 13. Prophezeiung; ihn beschäftigte im Augenblick etwas ganz anderes. Nun hatte er schon so viele Hochzeitstruhen angefertigt, und nie wollten ihm die inneren Seitenwände so recht gefallen. Das Holz roh zu lassen fand er langweilig, das Bespannen mit Stoff zu wenig solide.

So stand er tief in Gedanken vor einem halbfertigen Kasten, als plötzlich die Türe der Werkstatt aufgerissen wurde und Peggy hereingefegt kam.

«Du hättest mir ruhig sagen können, daß du gestern einen ganzen Nachmittag lang Geschichten erzählen wolltest», zeterte sie. «Meinst du, ich hätte nicht auch gern zugehört?»

«Ja, was denn? Es hieß, daß du daheim helfen müssest, weil deine Mutter bald ein neues Baby bekommt.»

«Soll das Baby mir den Buckel herunterrutschen!»

Peggy schüttelte Simon vor lauter Ärger. Ihre Augen blitzten und funkelten. Er ließ sie schütteln. Immer noch mit seinem eigenen Problem beschäftigt, schaute er geistesabwesend auf ihr Gesicht. Und dann, plötzlich, sah Simon sie wirklich an. Ganz verblüfft, als ob er eine Erleuchtung habe, rief er: «Mädchen, du bist ein Schatz!» Und damit ließ er sie stehen und rannte zur Türe hinaus und zum Laden gegenüber, der zugleich Drogerie, Farbgeschäft und Apotheke war.

«Du, Gustav, ich habe soeben die Lösung für ein altes Problem gefunden. Blau, weißt du, leuchtendes Blau mit etwas Spritzigem, Sprudelndem drin wie ... nun ja, wie Mädchenaugen, die einen empört anblitzen. Genau die richtige Farbe für meine Innenwände. Ich möchte sie hier bei dir mischen. Aber es muß schnell geschehen, bevor ich den Farbton vergesse. Heute abend noch. Darf ich?»

Und so begann Simon noch am selben Abend das große Werk. Zuerst mischte er die Grundfarbe aus ein paar Farbtöpfen aus dem Gestell in der Ecke. Dann leerte er siebzehn Briefchen Holzbeize hinein sowie jede Menge blaue Haartönung, Ostereierfarbe, Lavendelextrakt, Lidschatten und Wäscheblau. Auch aus der Apothekerabteilung nahm er, was ihm gefiel: ein Wässerchen hier, ein Pülverchen dort, dann wieder eine Handvoll schimmernder Körner, Kristalle, Pasten, ein Tröpfchen von diesem und jenem...

Simon geriet immer mehr in Fahrt. Er achtete gar nicht mehr darauf, was er alles in seinen Farbkessel warf. Nur blau mußte es sein. Blau. Blau. Bis tief in die Nacht hinein leerte, mixte und pantschte er und rührte sich die Hände voll Blasen.

Das Schönste war, daß es tatsächlich gelang. Das heißt – fast gelang. Irgend etwas fehlte. «Es fehlt an Leben», dachte Simon, «das ist es. Farbe bleibt Farbe, lebendig kriegt man sie beim besten Willen nicht. Daran hätte ich früher denken sollen.»

Ganz niedergeschlagen setzte er sich hin. Es brauchte ja nur ein Hauch, ein Fastgarnichts zu sein...

Er stand auf und begann, müde wie er war, mit seiner Suche noch einmal von vorn – und fand schließlich zuoberst auf einem Schrank, ganz hinten gegen die Wand geschoben, einen versiegelten Glasbehälter. Etwas Federleichtes schien darin zu schweben und dauernd in Bewegung zu sein, wie hellschimmernder Mondstaub, wie Sternengeflunker.

Simon war so aufgeregt, daß er bei einem Haar mitsamt der Flasche von der Leiter gefallen wäre. Er leerte seinen Fund in den Mischkübel und rührte... Ein zarter Schein durchdrang auf einmal die Farbe. Kaum wahrnehmbar zuerst, dann allmählich intensiver und heller. Und wie das Licht an Kraft gewann, schien die Mischung leichter, ja geradezu durchscheinend zu werden. Simon beugte sich über den Kessel, und es kam der Moment, wo er durch all das Blau tief unten den Boden erblicken konnte, und plötzlich hatte Simon den Eindruck, als pulsiere tatsächlich Leben darin.

In der nächtlichen Stille der Apotheke tickte die Uhr mehr als eine Stunde dahin. Endlich stand Simon auf. Er hatte es aufgegeben, die Erscheinung begreifen zu wollen, wußte nur, daß es gut war so. Er nahm einen Deckel und verschloß den Kübel mit Sorgfalt.

Es war eine Riesenportion geworden. Zum Glück, überlegte Simon. Ein zweites Mal würde ihm das Gleiche nicht mehr gelingen.

Den Kessel hielt er seitdem hinter Schloß und Riegel versteckt wie ein Geizkragen seine Goldstücke. Obwohl er die Farbe für sämtliche Innenwände benützte, tat er dies mit größter Sparsamkeit.

Er sagte niemandem, daß es im Topf im Herztakt pochte. Aber die Leute sahen den ungemein lebendigen und heiteren Farbton und fragten nach der Mischung. Er konnte es ihnen beim besten Willen nicht sagen. Er wußte ja selbst nicht mehr, was alles drinnen war.

Vor allem aber hatte weder er noch sonst jemand die leiseste Vermutung, was es mit der Farbe in Wirklichkeit auf sich hatte.

Die Hochzeitstruhen nämlich, die Simon mit soviel Liebe herstellte, wurden ausgemalt mit einem Stoff, wie ihn die ganze Welt sich wünschte, der aber bis dahin noch unbekannt war: Torkalubinosis, das Lebenselixier. Allerdings sollte das die Menschheit erst sehr viel später erfahren. Zu einem Zeitpunkt, als jeder nur an Tod glaubte und keiner es als die Wunderdroge erkannte, von der man so lange geträumt hatte.

Die 13. Prophezeiung

Die Spannung um die Seite mit dem Kinderball war von Tag zu Tag schwerer zu ertragen. Die wenigen Eingeweihten wurden von allen Seiten bestürmt, doch endlich mit der Wahrheit herauszurükken. Vergeblich. Solange der geringste Zweifel an der Handschrift bestand, hieß es warten, und damit basta. Aber zwei Wochen, nachdem Simon die Kinder eingeweiht hatte, hieß es plötzlich, nun sei es soweit. Am nächsten Morgen werde der Inhalt der 13. Prophezeiung bekanntgegeben. Heute würden die Regierungschefs sämtlicher Länder persönlich informiert, und morgen sollten sie alle zur selben Minute zu ihrem Volk sprechen. Dies bedeutete ganz verschiedene Tageszeiten für die einzelnen Länder, je nachdem, in welcher Zeitzone sie sich befanden. Für Pottinghill sollte es am frühen Abend sein, und zwar um 19.23 Uhr.
Simon befestigte seinen Fernseher in der Werkstatt zuoberst an einer Heizungsröhre, damit man ihn von jeder Ecke aus sehen konnte. Draußen an die Tür klebte er einen Zettel: «Jeder, der Lust hat, die Nachrichten hier zu hören, ist herzlich willkommen. Viel-

leicht läßt sich die schlimme Mitteilung besser ertragen, wenn wir zusammen sind.»

Gegen sieben Uhr war die Werkstatt gerammelt voll. Die Straßen waren wie ausgestorben. Kein Auto fuhr vorüber, kein Mensch war mehr unterwegs. Sogar der Stadtbus stand verlassen am Trottoirrand, denn Chauffeur wie Passagiere saßen vor dem Bildschirm im nächsten Restaurant.

Als der Zeiger auf 23 Minuten nach sieben wies, ertönte das Nachrichtensignet, die Melodie verklang, und das Gesicht des Ministerpräsidenten erschien auf dem Bildschirm. Man erkannte ihn kaum. Unter seinen Augen lagen dunkle Ringe.

«Liebe Landsleute», begann er, «die Zweifel über das Buch der Prophezeiungen sind vorbei. Man hat es mit jeder erdenklichen Methode untersucht, und das mehrmals durch untereinander völlig unabhängigen Expertenkommissionen. Alle Gutachten haben es bewiesen: Das Buch ist echt. Da sich die ersten 12 Prophezeiungen auf Wort und Komma genau bewahrheitet haben, wird dies auch die 13. tun. Nach menschlichem Ermessen ist unser Schicksal unabwendbar.»

Einen Augenblick hielt er inne. «Es ist meine schmerzliche Pflicht, Ihnen mitzuteilen, daß in 10 Jahren... der Weltuntergang stattfinden wird.»

Wie abgemacht lasen sämtliche Präsidenten, Könige, Diktatoren, Fürsten und Scheichs darauf die letzte Seite vor: «Mensch, oh Mensch in fernen Zeiten, sei gegrüßt. Unheil habe ich verkündet, Unheil bleibt es bis zuletzt. Steige auf dein Dach, Unglückseliger, und beobachte die Gestirne. Denn wisse: Ein neuer Komet wird glühen in finsterer Nacht, größer, strahlender, als du jemals einen gesehen. Wo er entlang wirbelt mit

mächtigem Schweif, wird der Himmel taghell erleuchtet. Kommt er allein, so sei getrost: Dir wird kein Übel geschehen. Doch folgt ihm ein zweiter, kleiner und mit wallendem Nebelschleier, dann sollst du erschrecken: Du mußt Abschied nehmen von der Welt. Im nämlichen Jahr wird die Rote Pest hinwegnehmen, was hienieden kreucht und fleucht, sie wird alles Leben auf Erden vertilgen. Sie wird wüten wie ein Feuerbrand, und niemand wird sie löschen können. Wehe, wehe, eher werden die Toten aus ihren Gräbern auferstehen und die Fabelwesen leibhaftig werden, als daß die Erde je wieder von der Menschheit bewohnt wird.
Schlimmes steht dir bevor, du armer Mensch, der du diese Zeilen liest. Hinter dir verliert sich alles im Nebel. Sind das Pfeile, die schwirren durch die Nacht? Sind das Ungeheuer mit Menschengesichtern, die dort aus dem Meer steigen? O Bruder am Ende der Zeit, ich sah durch deine Augen, jetzt bist du fort. So muß auch ich schweigen. Egidius, Turmwächter des großen Münsterdoms. Anno Domini 1342.»
Hier war die Handschrift zu Ende. Nun wurde das Bild des «Kinderballs» ausgestrahlt. Es war deutlich als Bild der Erde zu erkennen, die Flecken bezeichneten Meere und Kontinente. Die Umrisse waren richtig, die Farben jedoch falsch. Das Wasser war eher violett als blau. Und die Kontinente zeigten ein giftiges Rot, das ekelerregend wirkte. Es sah aus, als hätte ein Farbenblinder die Weltkarte angemalt.
Nicht alles in der Botschaft des alten Turmwächters war verständlich, doch der Zeitpunkt des Geschehens war klar angegeben. Das in der Handschrift beschriebene, einmalige Erscheinen der beiden Kometen war in knapp 10 Jahren fällig.

Ein genialer Erfinder

Als Stunden nach der Ankündigung des Weltuntergangs die Diskussionen noch kein Ende nehmen wollten, schlich Simon Wood sich aus der Werkstatt und setzte sich auf das Bänkchen vor dem Schreinerhaus. Hier war es wenigstens ruhig. In den Häusern ringsum waren die Lichter noch überall an. Die Laterne an der Ecke widerspiegelte sich im Schaufenster der kleinen Bäckerei, wo er vage Pumpernickel, Gebäck, Glasbehälter mit Bonbons und Zuckerstangen unterscheiden konnte. Plötzlich kam Simon das Lädchen fast wie lebendig vor. Da stand es und hatte keine Ahnung, was ihm drohte. Vielleicht drohte ihm auch gar nichts, und es würde noch stehen, wenn die Menschen längst verschwunden waren. Der Pumpernickel würde vor sich hinmodern und der Kuchen allmählich zu Staub zerfallen...
Eigentlich wunderte sich Simon, daß er nicht mehr Angst hatte. Vielleicht lag es daran, daß das Ende erst in zehn Jahren zu erwarten war; immerhin eine lange Zeit, wenn man sie richtig nutzt. Simon wollte nun erst recht jede Minute dazu verwenden, die denkbar schönsten Truhen herzustellen. Wenn sie am Schluß mit in die Luft flogen, hatten sie wenigstens vorher irgend jemandem Freude bereitet.
Beim Grübeln war ihm die Pfeife ausgegangen. Er wollte gerade ins Haus gehen, um Zündhölzchen zu holen, als er Schritte näherkommen hörte – und Peggys Vater stand im Schein der Laterne.
Jasper Rotschopf war ein großer Mann von feinem Gliederbau. In diesem schwachen Licht sah man nicht,

daß bei seinem braunen Haar der berühmte Rotstich fehlte, doch es war üppig und unbezähmbar wie bei allen Rotschopfs. Jaspers Blick war direkt und warm.
«Ach Simon, wie gut, daß ich dich noch treffe!» rief er. «Ich bin ganz durcheinander. Ich für mein Teil könnte diese schreckliche Nachricht noch verkraften. Aber mein kleiner Sohn... Heute abend ist unser Kind geboren worden, weißt du. Und zwar Punkt 19.23 Uhr. Er ist genau in der Minute auf die Welt gekommen, als deren Untergang angekündigt wurde. Verstehst du, wie mich das bedrückt? Die ganze Zeit muß ich daran denken, daß er höchstens zehn Jahre alt wird.»
Simon nickte betrübt. Was sollte man dazu schon sagen?
Eine Weile lang saßen sie so. Schließlich beschlossen sie, ins Wirtshaus zu gehen und zu sehen, wie andere Pottinghiller die Mitteilung aufgenommen hatten.
Die Gaststube des Wirtshauses «Zum goldenen Drachenzahn» war zum Bersten voll. Als Jasper und Simon eintraten, wurde Jasper sofort bestürmt.
«Herr Professor, Sie als Fachmann sind gewiß auch der Ansicht, daß...»
«Was heißt da Fachmann?» wehrte Jasper ab. «Was mit der Roten Pest gemeint ist, weiß ich so wenig wie Sie.»
«Aber Sie halten diesen Weltuntergang doch auch nur für eine dumme Bangemacherei, oder?»
Krachend landete irgendwo eine Faust, daß die Gläser klirrten. «Verdammt nochmal, wir müssen etwas gegen diese Pest unternehmen!»
Aber Jasper winkte ab: «Laut Prophezeiung wird dies nicht möglich sein. Es heißt ja, alles was hienieden kreucht und fleucht, muß sterben.»

Wie es sich zeigte, gab es schon unzählige Vorschläge, wie dies zu umgehen wäre. Die einen wollten auf Plattformen über dem Boden schweben, die anderen sich tief in der Erde eingraben oder dauernd in Raumanzügen leben. Die Allerkühnsten sprachen sogar davon, zu den Sternen auszuwandern, um sich einen neuen Planeten zu suchen. Jasper schüttelte zu allem den Kopf. Das gäbe zu wenig Sicherheit bei einer Seuche, sagte er. Der Raumanzug sei auf die Dauer auch keine Lösung, und wovon solle man sich ernähren auf einer Plattform? Und was die Reise zu den Sternen betraf – viel zu weit weg, völlig ausgeschlossen!»
In diesem Augenblick knallte die übermüdete Serviertochter ein Tablett mit Biergläsern auf den Tisch und verkündete:
«Dann gehen wir eben auf den Mond.»
Sogleich wurde sie von allen Seiten belehrt:
«Der ist fünfmal kleiner als die Erde. Wir hätten nicht Platz.»
«Wir hätten keine Luft, wir müßten ersticken.»
«Und keinen Tropfen Wasser, wir würden verdursten.»
«Verhungern auch, es wächst ja nichts.»
«Und zudem würden wir am Tag gebraten und in der Nacht steifgefroren.»
Das Mädchen schaute Jasper fragend an: «Stimmt das?»
«Leider ja. Den Mond können wir vergessen.»
«Dann eben nicht.» Das Mädchen zuckte die Schulter und begann scheppernd Biergläser einzusammeln. Sie war es gewöhnt, daß man ihrem Gerede keinen großen Wert beimaß.
Während die Diskussionen um ihn herum hitziger wurden, sah Jasper nachdenklich drein und schwieg.

Schließlich sagte er leise, nur für Simons Ohren bestimmt: «Eigentlich ist es gar nicht so dumm, was das Mädchen vorschlug. Der Mond als Asyl, warum nicht?»
Simon schaute ihn entgeistert an: «Aber du hast selbst gesagt...»
«Ich weiß.»
«Und das stimmt doch, oder? Der Mond ist zu heiß, zu kalt, zu kahl, zu klein, hat kein Wasser, keine Atmosphäre. Ein toter Steinklumpen, auf dem höchstens ein Astronaut im Raumanzug ein paar Schritte gehen kann, aber als Ersatzwelt völlig ungeeignet.»
«Ungeeignet als Welt, ja sicher. Auf seiner Oberfläche könnten wir nicht existieren. Aber wie wäre es mit dem Mond als Raumschiff? Immerhin ist genügend Masse da. Der Kern ist fest, er liefert Eisen, und das bißchen natürliche Schwerkraft ist auch nicht schlecht. Wir müßten tiefe Schächte graben, diese gut abstützen, und dann das Ganze mit den Einrichtungen versehen, die es zum Leben braucht. Das Aushubmaterial verwenden wir dazu, den Mond von außen aufzustocken. Wir stricken sozusagen ein Stück an wie bei einem Strickstrumpf, damit er größer wird. Wir sind soviele Menschen...»
«Aber – Raumschiff? Du meinst, wir sollten den Mond auf eine neue Umlaufbahn bringen?»
«Gott bewahre, nein! Der Mond bleibt auf seiner alten Umlaufbahn, alles andere wäre viel zu gewagt – es sei denn, die Erde verschwindet als Planet, aber das ist unwahrscheinlich. Ich wollte nur sagen, wir sollten den Mond wie ein Raumschiff einrichten. Oder gefällt dir die Bezeichnung Tiefgarage oder Notbunker besser?»
Simon lachte. «Jedenfalls wäre es eine Riesenarbeit.»

«Sogar eine Schinderei, wenn du mich fragst. Bestimmt tausendmal schlimmer als die Sklavenarbeit von einst. Aber was bleibt uns anders übrig? Von der Erde müssen wir unbedingt fort; die Sterne erreichen wir nicht, und sogar wenn, würden wir fast sicher keinen bewohnbaren Planeten finden. Nein, die Lösung müssen wir im eigenen Sonnensystem suchen.»

«Wie wäre es mit dem Mars?»

Jasper schüttelte den Kopf. «Selbst der ist zu weit weg. Wir hätten gar nicht genügend Treibstoff, auch nur das Allernotwendigste hinaufzutransportieren, und einbuddeln müßten wir uns so oder so. Dann ist es doch einfacher, den Mond aufzufrisieren... Tja, wenn er nur etwas größer wäre... Als Kontinentenschiff müßte er eigentlich reichen, aber ob auch als Weltenschiff?... Mal sehen. Dort ist ein ruhiges Tischchen. Komm mit!»

Mit Simon in Schlepptau steuerte Jasper durch die Menschenmenge zu einem verhältnismäßig ruhigen Platz im Hintergrund. Er schob das Tischtuch beiseite und begann mathematische Formeln auf ein Stück Notizpapier zu kritzeln.

Die andern Gäste wurden auf sie aufmerksam und kamen nachsehen, Simon beschwor sie mit dem Finger auf den Lippen, ja still zu sein. Jasper merkte nichts von der atemlosen Spannung. Während sein Kugelschreiber zwischen den Zahlen herumhüpfte, murmelte er vor sich hin, kratzte sich am Kopf, starrte auf die Umstehenden, ohne sie wahrzunehmen und schrieb dann eilends weiter. Endlich lehnte er sich zurück und verkündete: «Ich hab's!»

«Und?» hauchte Simon.

«Es sollte gehen. Wenn wir das vorhandene Material

sparsam verwenden und den Mond bis zum äußersten aufplustern, findet jeder von uns Platz, wenn auch knapp... Und was die anderen Probleme betrifft – bestimmt gibt es irgendwie, irgendwo, irgendwann eine Lösung. Man muß sich nur hinsetzen und sie finden.»

Aktion Strickstrumpf

Wer immerzu ans gleiche denkt, gewöhnt sich allmählich daran. Ehe eine Woche vergangen war, begann man sich in Pottinghill wieder über weniger Wichtiges als den Weltuntergang aufzuregen. Zum Beispiel über den Vornamen des neuen Rotschopfbabys. Es hieß Decimus, «der Zehnte».
«Was für ein unsinniger Name für einen Jungen!» bemerkten die Pottinghiller.
«Im Gegenteil», widersprach Jasper. «Wurde er nicht in einer schicksalhaften Minute geboren? Das hat bestimmt eine Bedeutung. Jeder, der ihn beim Namen nennt, soll sich ans zehnte Jahr erinnern, damit wir keine Stunde ungenützt verstreichen lassen. Meine Frau hat das auch so gewollt.»
«Oh Verzeihung, das ist natürlich etwas anderes!» hieß es dann. Jaspers Frau war nach einigen Tagen im Kindbett gestorben. Einen letzten Wunsch muß man achten, deshalb wurde der kleine Rotschopf auf den Namen Decimus getauft, und bald nannte ihn jedermann Dec.
Noch etwas anderes wurde nach einer Idee von Profes-

sor Rotschopf benannt. Der Weltsicherheitsrat war einverstanden, den Mond wie vorgeschlagen einzurichten. Bald war das Unternehmen unter der Bezeichnung «Aktion Strickstrumpf» bekannt.

Zum großen Stolz von Pottinghill gehörte Jasper zu den Experten, die das Projekt ausführen sollten. Aber nicht jedermann glaubte an seine Verwirklichung. Denn wie sollte ein nackter Felsklumpen im Weltall einige Milliarden Erdbewohner beherbergen und ernähren? Dabei braucht der Mensch allerhand. Luft, zum Beispiel. Die Erdenluft war zu leicht und wäre wegen der geringen Anziehungskraft in den Himmelsraum verpufft. Eines Tages aber gelang einem gewissen Jodocus Gichtel die Herstellung eines atembaren Gases, das zwar nach faulen Eiern stank, dafür an Ort und Stelle blieb, weil es so schwer war. Daß es auch aufs Gemüt drückte und Kopfweh verursachte, ließ sich leider nicht vermeiden.

Die Wasserversorgung war nur ein Transportproblem. Man sägte Riesenblöcke Packeis aus dem Nordpol, steckte sie in Container aus rostfreiem Stahl und brachte sie in eine Umlaufbahn um den Mond. Gleichzeitig wurde ein Verfahren entwickelt, um die Abwässer chemisch aufzubereiten. Hingegen blieb unklar, was man dort oben essen sollte.

Lange sah es danach aus, als müsse der Rettungsplan am Nahrungsmangel scheitern. Aber der Pottinghiller mit seinem Strickstrumpf-Projekt predigte so unermüdlich, daß jedes Problem gelöst werden könne, daß es ansteckend wirkte. Die Ernährungswissenschafter tüftelten, probierten und forschten, bis die Köpfe rauchten und erfanden schließlich eine Essenspille, die unbeschränkt haltbar war. Eine einzige genügte für den ganzen Tag, so nahrhaft war sie. Sie schmeckte zwar nach nichts, und mit den Tafelfreuden würde es einstweilen vorbei sein. Aber was machte das schon aus? Hauptsache, man würde am Leben bleiben.

Inzwischen lief auch im All die Aktion Strickstrumpf auf vollen Touren. Ingenieure und Arbeiter waren mitsamt ihren Maschinen hinaufgeschossen worden und bohrten, gruben, sprengten. Unentwegt trafen neue Ladungen ein von Bohrmaschinen, Baggern, Kranen, Zementmischern, Traktoren, Meßinstrumenten, hermetisch isolierten Arbeitsbaracken und Sauerstoffbehältern.

Die Arbeiter buddelten sich quer durch den Mond hindurch und verbanden die Schächte durch ein Netz von Nebengängen. Hier kamen die Aufenthaltsräume, Forschungslabors und Vorratskammern hin. Gleichzeitig bauten sie den Mond ringsum in die Höhe aus und erstellten an der Oberfläche Roboterfabriken mit Sonnenkollektoren, die später für den notwendigen Nachschub sorgen sollten. Sie verarbeiteten das Mondgestein zu den unterschiedlichsten Materialien; eines davon war ein Kunststoff, aus dem sich fast alles herstellen ließ, von massiven Brettern bis zur feinsten Babywolle.

Da all diese Einrichtungen und Fabriken aus glänzendem Stahl bestanden, gleißte der Mond auf seiner Tagseite bald unerträglich grell. Von der Erde aus wirkte er wie ein sehr naher Stern in einem feinen Silberring.

In erster Linie ging es natürlich darum, die Menschen zu retten. Doch wo immer ein wenig Raum abgezweigt werden konnte, wurden Ställe gebaut. Auch legte man Gewächskasten an. Von jeder Pflanzenart sollten einige

Exemplare am Leben erhalten werden, wenigstens in Samenform. Vor allem wurden Getreidespeicher für Saatgut eingerichtet, damit man sofort aussähen konnte, wenn es je eine Rückkehr zur Erde geben sollte.
«...was unwahrscheinlich ist», sagten die klugen Leute. «Dazu müßten zuerst die Toten auferstehen, und das können sie nicht. Und die Fabelwesen müßten leibhaftig werden, und die gibt es nur im Märchen.»
So bereitete man sich für den Notfall vor. Ob man die Rote Pest würde bekämpfen können oder nicht, jedenfalls war es wichtig, ihre ersten Anzeichen zu erkennen. Niemand wußte, worauf man eigentlich achten sollte. Nach den Worten der Prophezeiung würde die Pest böse sein und rot. Aber ob es sich um eine Krankheit handelte oder um Insekten, Meeresalgen, Feuer oder sogar um die sterbende Sonne, darüber gingen die Meinungen auseinander. Bald wagte niemand mehr, das kleinste Fetzchen Rot zu tragen. Nur schon das Wort «rot» in den Mund zu nehmen, galt als unfein. Und hätte jemand gar behauptet, Rot sei eine schöne Farbe, er wäre auf offener Straße verprügelt worden.
Nach und nach begann sich die menschliche Gesellschaft zu verändern. Das Geld wurde abgeschafft. Besitz hatte seinen Sinn verloren, weil man praktisch nichts auf den Mond mitnehmen konnte. Pro Person wurde bloß ein Köfferchen bewilligt, mit 4 Kilo und 76 Gramm Höchstgewicht. Im übrigen war nur der Raumanzug vorgesehen.
Die freie Zeit wurde kostbar: es gab so manches zu sehen und zu genießen in der kurzen Zeit, die man noch auf der Erde weilte. Wer gerne las, fraß sich durch so viele Bücher durch, als er nur bewältigen konnte. Wer lieber kraxelte, bestieg einen Berg. Und spielte

jemand gerne Klavier, ohne sich früher ein Instrument leisten zu können, so holte er einfach eines aus dem Geschäft und spielte darauf, daß es eine Freude war. So fing für die meisten der Spaß am Leben jetzt erst an...

Sereina

Sticht man von Pottinghill aus in See und fährt hinüber zum Kontinent, so erreicht man ein Land, das flach ist wie eine Omelette. Die Leute reden hier ganz anders. Einer aus Pottinghill könnte vielleicht noch fünfzig Worte verstehen. Daran grenzt ein Land, das hügelig ist, und das nächste wiederum hat sogar ein Vorgebirge. Das letzte schließlich besteht fast nur noch aus Bergen. Von der Sprache in diesem Land würde ein Pottinghiller kein einziges Wort mehr verstehen.
Im sechsten Jahr nach Bekanntgabe der 13. Prophezeiung geschah an der Flanke eines dieser Berge etwas Merkwürdiges. Es war ein bissig kalter Winternachmittag, und der Zufahrtsweg zum ärmlichen Dörfchen, das hoch oben am Hang klebte, war vereist. Kein Mensch war unterwegs, außer Köbi, dem fahrenden Händler, der seine Tour machte, wie er das seit vielen Jahren tat. Er zottelte mit seinem Pferdekarren auf dem gefährlich glatten Pfad dahin und freute sich, bald im Dorf mit einem heißen Grog am Ofen zu sitzen.
Dabei hatte er diesmal etwas anderes als nur Töpfe und Pfannen auf dem Wagen, oho, aber etwas ganz ande-

res! Gestern in der Stadt hatte er sie in einem Schaufenster entdeckt: eine Hochzeitstruhe, und zwar eine echte, wie man sie kaum mehr fand. Sie war nach Köbis Meinung weit schöner als die im Heimatmuseum. Wie schwungvoll war die Schnitzerei, die spielerisch und zugleich natürlich aus dem Flammenmuster des Holzes wuchs! Dazu das seltsam schimmernde, fast durchscheinende Blau der Innenwände. Köbi war es vorgekommen, als lächle es ihn an. Da war er nicht mehr zurückzuhalten gewesen. Er hatte sämtliche Ersparnisse zusammengekratzt und das Wunderwerk kurzerhand erstanden. Und nun fuhr dieser Schatz hinten auf dem Wagen mit.

In Gedanken versunken, zuckelte Köbi um die letzte Kurve. Da passierte es. Eine kleine Gestalt kam auf Skiern den steilen Pfad hinunter und konnte auf dem Glatteis nicht mehr bremsen. Köbi riß die Zügel herum, aber er konnte nicht verhindern, daß der Skifahrer den Karren an der Seite streifte, über die Straße schlidderte – und bewußtlos an der Böschung liegenblieb.

Köbi sprang vom Bock, kniete nieder und schob ihm vorsichtig die verrutschte Kapuze aus dem Gesicht.

«Herrgott, es ist Sereina!» rief er entsetzt. Verstört stapfte Köbi um das Mädchen herum. Als er endlich wieder einigermaßen klar denken konnte und seine Hände nicht mehr so zitterten, fühlte er Sereina den Puls und merkte erleichtert, daß ihr Herz noch schlug. Um so mehr kam es nun darauf an, das Richtige zu tun. Sereina liegen lassen und Hilfe holen durfte er nicht; sie würde bei dieser Kälte sofort erfrieren. Er mußte sie selbst transportieren. Aber wie?

Da hatte er eine Glanzidee. Er würde sie in seine Hochzeitstruhe legen.

Auf dem Boden der Truhe breitete er Putzwolle und Küchentücher aus; das Pferd mußte den Teewärmer, den es gegen die Kälte auf dem Kopf trug, als Kopfkissen hergeben. Dann schnallte er dem ohnmächtigen Mädchen die Skier ab und bettete sie so sanft wie möglich auf das improvisierte Lager. Anschließend deckte er sie mit seiner eigenen Jacke zu und schloß den Deckel bis auf einen kleinen Spalt, denn es hatte wieder zu schneien begonnen.
Schritt für Schritt ging es bergan zum Dorf. Als er mit dem Mädchen endlich bei ihren Eltern ankam und sie Sereina aus der Truhe hoben und ins Bett legten, sah es schlimm aus. Viel zu still lag sie da. Ihre Brust hob und senkte sich nicht mehr, der Pulsschlag hatte aufgehört. Und so wurde die Hochzeitstruhe zum Sarg.
Dabei beruhte alles auf einem Irrtum. Sereina atmete zwar nicht, und ihr Herz stand still. Aber tot war sie nicht. Außer einer Beule am Hinterkopf und ein paar Schürfungen fehlte ihr nichts. Als Köbi sie vom Boden aufhob, war sie gerade dabei gewesen, aufzuwachen. Doch dann legte er sie ausgerechnet in diese Truhe aus Pottinghill. Er hatte keine Ahnung von den besonderen Eigenschaften der blauen Innenwände. Obwohl das Torkalubinosis zu jenem Zeitpunkt schon seit sechs Jahren im Besitz der Menschheit war, hatte noch niemand gemerkt, was es damit auf sich hatte.
Indem der alte Mann den Deckel über Sereina fast ganz zumachte, erfüllte er die Voraussetzung für die Wirkung des Lebenselixiers. Denn natürlich bringt es nur scheinbar den Tod. In Wirklichkeit handelt es sich um einen Schlaf, so abgrundtief, daß jede Körperfunktion eines Lebewesens unterbrochen wird. Die Zeit steht still, der Schläfer verharrt immerfort in der glei-

chen Sekunde. Es ist, als hätte er einen Knoten in seinem Lebensfaden.
So wurde Sereina zum zweiten Mal in die Truhe gelegt und begraben, bevor sie aufwachen konnte.
Der Pfarrer kam, und das ganze Dorf nahm teil an der Totenwache.

Alarm

Je näher das gefürchtete zehnte Jahr heranrückte, desto intensiver wurden die Vorbereitungen für den «Großen Sprung». Zum Vergnügen der Kinder mußten ihre Eltern wieder auf die Schulbänke. Gemeinsam übten sie «Atemanhalten», «Schleudersitz» und «Gehen bei geringer Schwerkraft». Es gab Filme über den neuen Lebensraum mit Pillenkost während der Pause. Und jeden Tag mußte man das widerwärtige Gichtelgas, das auf dem Mond die Luft ersetzen sollte, ein wenig länger einatmen.
Die Köfferchen waren längst gepackt, und allerorts standen die Raketen auf Sportplätzen und Gemeindewiesen startbereit. Es gab Probealarm und Aufbruchübungen. Damit niemand versehentlich zurückblieb, wurden die Nomaden besonders gut für den Notfall ausgerüstet. Jeder Eskimo führte einen Radioempfänger auf seinem Schlitten mit, jeder Wüstenbewohner einen in seiner Kameltasche. Die letzten Urwald-Indianer waren aufgespürt und informiert worden.
Plötzlich waren Sachen wichtig, an denen man bisher

gleichgültig vorbeigegangen war. Die Leute begannen zum Beispiel, eine Blume genau zu betrachten und zu beschnuppern. Sie versuchten sich ihren Duft einzuprägen, damit sie sich später daran erinnern konnten. Wie tönt ein Vogelruf, wie fühlt sich frisch gepflügte Erde an, wie schmeckt der Regen auf der Zunge? Der Gedanke, diesen gewöhnlichen Dingen nie wieder zu begegnen und sie gar zu vergessen war schlimmer als der Verlust aller Schätze.

Früher hätte man jemanden ausgelacht, der stundenlang den gleichen Baum betrachtete, um das Sonnengeflimmer durch die Blätter zu bestaunen. Heute brachte man ihm einen Stuhl, damit er es bequem hatte. Und blieb einer mitten im Verkehr stehen, um einer Schar Zugvögel nachzuschauen, so fuhr man nachsichtig einen Bogen um ihn.

Als das Schicksalsjahr anbrach, schwangen die Kirchenglocken eine Stunde lang, um es einzuläuten, und alle Leute trugen Schwarz. Man wußte, es war der letzte Jahresbeginn auf Erden. An diesem Tag wurde der zukünftige Mondrat gewählt. Jedes Land suchte sich die Fähigsten, Klügsten, Tapfersten aus, die es nur finden konnte. Dann taten sich die Länder zusammen und erwählten aus diesen Besten wiederum den Besten. Sein Name war John Brendon.

Er war ein Baum von einem Menschen mit einer warmen Stimme und Lachfältchen um die Augen. Eine große Ruhe ging von ihm aus; als Kind hatte er den Krieg erlebt. Seither bestand sein ganzes Streben darin, der Menschheit den Frieden zu geben – und das ist wohl die schwierigste Aufgabe, die es gibt.

Während der zehn Jahre waren die Kinder, denen Simon Wood damals von der 13. Prophezeiung erzählt hatte, groß geworden. Auf dem Holzlagerplatz spielte eine neue Generation und wollte Simons Geschichten hören. Doch in letzter Zeit stand ihm der Kopf nicht mehr danach. Nicht etwa wegen der Roten Pest, oh nein. Er war bis über beide Ohren verliebt. Und zwar in Peggy Rotschopf.

Genauso wie früher sprühten ihre Augen vor Lebenslust; sie war so klug, so hinreißend schön, daß es nicht auszuhalten war.

«Peggy», sagte Simon eines Abends, «ich liebe dich. Ich möchte dich heiraten. Aber geht das denn, wenn die Erde bald platzt?»

«Endlich!» rief Peggy. «Ich dachte, du würdest es mir nie sagen. Laß sie platzen, mir ist das egal.»

Schon am nächsten Tag ließen sie sich trauen. Jasper drückte Simon an seine Brust, und Dec, das Baby von einst, war mächtig stolz auf seinen Schwager.

Als Jasper bald darauf zum Mond abfliegen mußte, um bei den letzten Vorbereitungen nach dem Rechten zu sehen, ergab sich das Problem, wo Dec bleiben sollte. Da sagte Simon: «Laß ihn ruhig hier. Ich will mich von jetzt an sowieso nur noch um die Kinder kümmern. Was braucht es noch Hochzeitstruhen, wenn wir oben sind?»

Jasper flog ab, und Simon hängte seinen Beruf an den Nagel, verstaute die halbfertigen Hochzeitstruhen mit Hilfe von Dec in einer Ecke und richtete die Werkstatt als Bastelraum ein. In der Mitte stand ein gußeiserner Ofen, auf dessen Deckel Harzstückchen schmolzen und einen köstlichen Duft verbreiteten. Heißer Kakao und Brötchen standen immer bereit und manchmal Erbsensuppe. Es dauerte nicht lange, da kamen die Kinder in Scharen. Sie durften unter Simons fachmännischer An-

leitung herstellen, was ihr Herz begehrte; manche wurden so geschickt, daß sie die Erwachsenen daheim glattweg in den Schatten stellten.
Die Großen hatten es weniger lustig. Wiederum hingen sie dauernd am Radio und Fernseher. Den ganzen Januar hindurch wurde stündlich durchgesagt, daß es nichts zu sagen gab.
Im Februar erschienen die beiden Kometen, wie Egidius, der Turmwächter, vorausgesagt hatte. Zumindest dieser Teil der Prophezeiung war also in Erfüllung gegangen. Die Rote Pest aber ließ auf sich warten. Auch im März und April war alles normal. Als sich im Mai noch immer nichts tat, begannen viele, die Pest geradezu herbeizuwünschen, damit wenigstens die Unsicherheit ein Ende nähme. Doch auch im Juni blieb alles ruhig. Nirgends das geringste Anzeichen einer Roten Pest.
Es wurde Juli. Der Nachrichtensprecher entschuldigte sich fast, daß er mit nichts Alarmierendem aufwarten konnte.
Der 6. Juli, ein Donnerstag, war ein ausgesprochen heißer Tag. Die Sonne schien durch die offenen Fenster von Simons Werkstatt. Die Wände hingen voller bunter Zeichnungen. Eine Spinne versuchte wohl zum fünften Mal, zwischen Heizungsrohr und Hobelbank einen Faden zu spannen, der ihr dauernd zerrissen wurde. Denn es herrschte Hochbetrieb.
Zwei Jungen schraubten an einem Kaninchenstall herum. Ein Mädchen leimte ihren Papierdrachen zusammen. Simon war mit einem Dreikäsehoch beschäftigt, der sich beim Schnitzen eines Kartoffelstempels in den Finger geschnitten hatte. Dec Rotschopf stand daneben und schaute zu. Die andern Kinder bauten draußen auf

dem Holzlagerplatz ein selbergemachtes Zirkuszelt auf; am Abend sollte die Uraufführung stattfinden. Zu dieser Zeit, um 12 Minuten nach vier, war alles noch in Ordnung.

Simon bemerkte eben: «So, das hätten wir. Jetzt nur noch ein Pflä...» Da machte der Minutenzeiger einen Sprung, die Uhr stand auf 13 nach vier.

Simon sollte den Satz nie zu Ende sprechen. Die Türe flog auf, und der Apotheker von gegenüber stürmte herein, in der Hand ein halzabgefülltes Fläschchen, mit dem er sinnlos herumfuchtelte. «...soeben Radio gehört... Oh Gott, Simon, die Pest. Die Rote Pest ist gekommen.»

Simon fuhr auf.

«Bist du – bist du wirklich sicher?»

Der Apotheker lehnte sich gegen die Wand und begann sich mit der Flasche den Schweiß von der Stirn zu wischen.

«Es hieß, daß kein Zweifel möglich sei. Hoch oben im Norden muß es angefangen haben, und sie scheint sich rasend schnell auszubreiten. Die ersten Raketen sind schon unterwegs...»

Luzius' liebe Kultürchen

Noch während der Apotheker die Nachricht überbrachte, begannen Milliarden Warnpiepser zu schrillen. Die Menschheit geriet in Bewegung wie ein Ameisenhaufen, auf den einer sich versehentlich gesetzt hat. Es gab nur noch eines zwischen Nord- und Südpol: weg, möglichst schnell weg von der Erde.

Zehn lange Jahre hatte man gewußt, daß es kommen mußte. Man hatte sich darauf vorbereitet, von nichts anderem mehr gesprochen und sich die Rote Pest in den scheußlichsten Farben ausgemalt. Die Wirklichkeit aber übertraf die schlimmsten Erwartungen.

Von überall her trafen Meldungen ein: Sie stank. Sie knirschte. Sie zeigte eine bis dahin unbekannte Variante von Rot, die wir Menschen nicht ertragen. Ihr bloßer Anblick drehte einem den Magen um.

Der Heißhunger, mit dem sie sich durch Länder und Meere fraß, versetzte die Leute in Panik. Im Wasser breitete die Pest sich rötlich trüb aus, blubbernd und zischend. Felder und Wiesen überrollte sie wie überkochende Konfitüre. In waldreichen, nahrhaften Gegenden sprühte sie regelrecht Funken. Dann glich sie der Feuersbrunst, von welcher Egidius, der Seher aus dem Mittelalter, gesprochen hatte.

Doch die Rote Pest hatte mit Feuer nicht das geringste zu tun. Ob mit Bakterien, Viren, Schimmelpilzen, das herauszufinden blieb keine Zeit mehr. Viele meinten, daß sie nicht einmal eine Krankheit war. Die Art, wie sie ihre Opfer einschäumte, mit den Tentakeln betätschelte und anschließend aufschlürfte, ließ eher auf ein Lebewesen schließen. Ja, manche behaupteten sogar, sie hätte ein Bewußtsein.

Dabei war alles ganz einfach gekommen. Ein fauler Medizinstudent, ein gewisser Luzius, war im Frühling zum zweitenmal durch die Schlußprüfung gefallen und hatte damit seine letzte Chance vertan. Er hatte eine Stinkwut im Bauch...

Kurze Zeit später tauchte in den nördlichen Wäldern ein Fremder auf. Er wolle sich beim Fischen von seiner Prüfungen erholen, erklärte er, ob er irgendwo in völliger Abgeschiedenheit wohnen könne? Der Förster fuhr ihn zu einer leerstehenden Blockhütte, die ganz für sich an einem See stand. Weit weg am andern Ufer lag ein Fischerdörfchen.

Der Förster legte einen kleinen Radioempfänger auf den Tisch.

«Hier wird Sie niemand stören. Lassen Sie aber den Apparat Tag und Nacht eingeschaltet. Wir befinden uns ja im letzten Jahr; sollte Pestalarm gegeben werden, hören Sie ein hohes Fiepen. Dann rudern Sie, so schnell es geht, zu jenem Dorf dort. Ich werde einen Platz für Sie in der Rakete reservieren lassen.»

Bevor er sich verabschiedete, gab er ihm ein paar Tips, was den Fischfang betraf. Er hätte sich die Mühe sparen können. Denn kaum war der Förster außer Sicht, verrammelte der Fremde Tür und Fenster und begann sich einzurichten. Was aus seinem Gepäck zum Vorschein kam, hatte wenig mit Fischfang zu tun: Laborgeräte; Lampen, Kolben, Retorten, Spiritusbrenner...

«Euch will ich es zeigen», murmelte er. «Den armen Luzius durch die Prüfung sausen lassen, weil er angeblich nichts kann, he? Ihr werdet staunen!»

Er fing an, zu experimentieren. Er hatte vor, im Alleingang eine neue Bakterienart zu züchten; er impfte, ätzte, setzte Kulturen an, kreuzte die Ergebnisse, pröbelte weiter...

Und jawohl, am 6. Juli war es soweit. Luzius tanzte händeklatschend in der Hütte herum und schrie mit sich überschlagender Stimme:

«Heureka, Hurra und Hallelujah, sie ist geboren, die neue Art. Ich habe sie erschaffen! Was sagt ihr jetzt, ihr gelehrten Hühner?»

Er kniete sich vor den Tisch, wo eine rote Flüssigkeit in der Retorte zischte und gurgelte. Das Kinn auf die Tischplatte gestützt, unterhielt sich Luzius liebevoll mit ihr:

«Na, mein kleines Kultürchen. Ich weiß zwar nicht, zu was du gut sein sollst, aber eine Sensation bist du todsicher. Recht aktiv jedenfalls. – Haijai, bist du aber stürmisch. Willst wohl raus, stimmt's?»

Grinsend zog er den Stöpsel heraus. «Da, bitte, und jetzt zeig mal dem Papa, was du kannst.»

Das Lächeln gefror auf seinem Gesicht. Die Hand mit dem Stöpsel zuckte zurück: Roter Gelee quoll aus der Retorte, langsam erst, dann immer schneller. Er floß über den Tisch, tröpfelte das Tischbein hinunter und begann am Boden Fäden zu bilden. Diese waren zwar hauchdünn. Aber sie bewegten sich merkwürdig schnell und zielbewußt, wie zuckende Finger, wie greifende, gierige Tentakelfinger.

Luzius erhob sich so schnell, daß sein Stuhl kippte.

«He, was soll das!» schrie er. «Geh wieder rein. Zurück, habe ich gesagt!»

Doch die glitzernden Schleimfäden schlängelten sich weiter und waren plötzlich schnell wie ein Peitschenhieb. Ihr Schöpfer sprang zurück und konnte sich mit knapper Not durch die Tür retten. Langsam dämmerte ihm, daß er da womöglich etwas Entsetzliches in die Welt gesetzt hatte...

Die Fäden nahmen die Verfolgung auf, bis sie ein Bäumchen erreichten. Wie ein umgekehrter Wasserfall strömten sie den Stamm hinauf – und schon befand sich da keine Blätterkrone mehr, sondern nur ein rosarotes, leicht pulsierendes Schaumgebilde, zweimal so hoch wie das Bäumchen vorher. Ein deutliches Mampfen lag in der Luft. Auch stank es auf einmal nach Fäulnis, ein widerwärtig süßer Geruch.

Vom ersten Opfer aus wurden neue Suchfäden ausgeschickt, wohlgenährt jetzt und dicker als die ersten, und wenn möglich noch bösartiger. Sie zuckten nach allen Seiten und fanden in Sekundenschnelle den nächsten Baum. Von dort aus starteten sie strahlenförmig neue Attacken. Und am Seeufer standen die Bäume dicht.

So wurde die Rote Pest geboren. Knapp eine Stunde später hatte sie schon die halbe Strecke zum Dörfchen zurückgelegt, das man von der Blockhütte aus am andern Ufer liegen sah.

Nicht weit vom Blockhaus entfernt waren einige Männer auf dem See mit dem Fischfang beschäftigt. Sie holten gerade ihre Netze ein und lachten über einen Witz, als einer von ihnen plötzlich das letzte Netz mitsamt den Fischen fahrenließ. Entsetzt zeigte er aufs Ufer. Seine Lippen bewegten sich, aber er brachte keinen Ton hervor. Wo soeben noch Wald und Unterholz gestanden hatten, wälzte sich turmhoch eine giftigrote Schaummasse in Richtung Strand. Ein Ausläufer hatte sich von der Hauptmasse losgelöst und bewegte sich wie eine Raupe hinter einem Menschen her, der schreiend den Strand entlangstolperte. Er war am Ende seiner Kräfte, das sah man. Der rote Brei aber floß immer schneller.

Dieser Anblick brachte Bewegung in die vor Schreck erstarrten Fischer. Sie legten sich in die Riemen und fuhren zum Strand, um den Unglücklichen zu retten.

«Hierher», brüllten sie. «Springe ins Wasser, wir fischen dich auf.»

Der Mann am Strand hatte auf ihr Rufen hin den Kopf gewandt, und die Männer erkannten in ihm den komischen Kauz, der zum Fischen gekommen war und nie zum Fischen ging. Als er das Boot bemerkte, schien er vor dessen Besatzung noch mehr Grauen zu empfinden als vor dem nahenden Schaum. Wild blickte er zwischen Boot und Rotzeug hin und her und schien sich nicht schlüssig zu werden, was schlimmer sei.

Da hatte das Boot den Strand erreicht. Die Fischer sprangen heraus und rannten... Im gleichen Augenblick, da der erste gierig zuckende Pestfaden ihn berühren wollte, rissen sie den Mann darunter weg und zwangen ihn, zu laufen. Aber der Mann schien halb ohnmächtig zu sein. Da nahm ihn der Stärkste auf die Schultern, rannte zum Boot und warf seine Last kurzerhand hinein. Die Männer ergriffen die Riemen und begannen um ihr Leben zu rudern.

Das Wasser wurde rot wie Blut, denn die Pest kam mit. Um sie sich vom Leibe zu halten, fütterten die Männer sie mit Fisch. Stück um Stück warfen sie ihren Tagesfang über Bord.

Nur Luzius rührte sich nicht. Er weinte.

Die Fischer brachten es tatsächlich fertig, ihr Dorf heil zu erreichen. Siebzehn Minuten später flogen schon Helikopter über das befallene Gebiet und streuten Chemikalien. Umsonst. Es folgten Flugzeuge mit Tonnen von Vertilgungsmitteln, schließlich wurden Brandbomben eingesetzt. Doch der Schaum hüllte das Feuer ein und erstickte es.

Die Pest wanderte weiter. Mit rasender Geschwindigkeit breitete sie sich aus, Tag und Nacht, ohne auch

nur einen Augenblick innezuhalten. Ob Elefant oder Butterblume – solange etwas lebendig war, fraß sie es auf.
Überall auf der Welt starteten die Raketen. Der Himmel war schwarz von ihnen. Es sah aus, als blase der Wind die Samen eines gigantischen Löwenzahns in die Luft. Die Menschheit verließ die Erde.
Zehn lange Jahre hatte man sich für den Notfall vorbereitet. Und als er eintrat, dauerte es kaum acht Tage, da war der Auszug der Erdbevölkerung abgeschlossen.
War er wirklich abgeschlossen?
Wieso stand noch eine Rakete bei jenem Städtchen am südöstlichen Meeresufer? War ihr Startknopf verklemmt, der Treibstoff ausgelaufen? Schon floß die Pest in haushohen Wellen auf den kleinen Küstenort zu...

Wiederholt verwarnt

Nichts war los mit der Rakete von Pottinghill. Von einem Defekt konnte keine Rede sein. Es fehlte ein Passagier. Dec Rotschopf war nirgends aufzufinden. Die Bürger gerieten langsam in Panik.
«Was fällt ihm ein, uns unter diesen Umständen warten zu lassen. Verprügeln sollten man den Bengel!» schimpfte jedermann. «Wenn er nicht bald auftaucht, fliegen wir ohne ihn.»
Aber das war natürlich nur so dahergeredet. Niemandem fiel es ein, Dec als Nahrung für die Pest zurückzulassen. Er mußte mit, soviel stand fest.

Die Passagiere waren wieder ausgestiegen und durchstöberten Keller und Schuppen, Dünen und Wälder. Sie spähten unter die Betten, taten einen Blick in den Eisschrank und öffneten sogar Schubladen und Kisten, in die Dec niemals hineingepaßt hätte. Aber Dec war wie vom Erdboden verschwunden.

Am nächsten Morgen schaltete sich die Polizei ein und fuhr mit Lautsprecherwagen durch die Straßen, um Decs Personenbeschreibung durchzugeben: Dies für den Fall, daß irgend jemand ihn vielleicht nicht persönlich kannte. Man weiß ja nie, und sicher ist sicher, nicht wahr? Jedenfalls dröhnte durch ganz Pottinghill: «An alle. An alle. Dringlich gesucht wird der Schüler Rotschopf, Decimus. Alter zehn Jahre, Zivilstand ledig, 140 cm groß, rotbraune Haare, Stupsnase, Sommersprossen, sehr blaue Augen, trägt Blue-Jeans und Leibchen mit Aufschrift ‹Sagt es mit Holz›, keckes Wesen, meisterhafte Handhabung einer Schleuder, wiederholt verwarnt.» Letzteres wollte sein Klassenlehrer unbedingt drinhaben, damit man ihm ja nicht nachlässige Erziehung vorwerfen könne.

Peggy jammerte: «Ach Simon, was sollen wir bloß machen? Vater hat ihn uns doch anvertraut.»

«Wir finden ihn, ich schwöre es!» Aber in Wahrheit war Simon genau so elend zumute.

Am dritten Tag trafen per Funk stündlich dringendere Aufforderungen der Mondbehörde ein, doch endlich zu starten. Die Pest nähere sich in riesigen Wellen. Wenn sie noch länger warteten, könne man sie der Ansteckungsgefahr wegen nicht mehr aufnehmen.

Die Bürger berieten sich. Sollten sie Dec im Stich lassen? Nein. Morgen würden sie abreisen. Diese eine Nacht aber wollten sie es wagen, den Start noch hin-

auszuschieben. Müde wie sie waren fingen sie noch einmal von vorne an. Bewaffnet mit Laternen, Fackeln, Megaphonen und Funkgeräten schwärmten sie aus. Einige fuhren mit dem Auto los. Hie und da stiegen sie aus, um in Höhlen und Fuchsbauten herumzustochern. Andere kletterten in Baumkronen, um im Blättergewirr nachzuschauen, und zählten die Boote für den Fall, daß er sich auf dem Meer verirrt hatte. Doch der Junge ließ sich nicht finden.
Gegen Morgengrauen brachte der Wind einen merkwürdig süßlichen, faden, modrigen Geruch. Gellend ertönten die Sirenen. Von allen Seiten kamen die Leute zur Rakete zurückgehetzt und nahmen Platz auf ihren Sitzen.
Kein Dec. Und wo waren Peggy und Simon? Und Gustav? Doch halt, da kam er angekeucht, der Apotheker.
«Wird langsam Zeit», fuhr der Flugkapitän ihn an. «Wir sollten schon längst unterwegs sein. Wo sind die beiden andern?»
Der Apotheker blieb unten stehen und schrie zur Rakete hinauf: «Die Woods haben sich in ihrem Haus eingeschlossen... Wollen hierbleiben, um weiter zu suchen. Sie lassen grüßen, sagen sie... Total verrückt... Wer kommt mit, um sie zu holen?»
«Da hört doch alles auf!» schrie zornesrot der Kapitän. «Niemand verläßt die Rakete! Jetzt wird gestartet.»
Er hatte nicht mit den vielen Freunden von Peggy und Simon gerechnet. Fensterputzer, Polizeiwachtmeister, Arzt, Schalterbeamte, der Bürgermeister, der Zeitungsjunge und jede Menge Nachbarn, Bekannte und Kollegen gurteten sich los, rannten zum Ausgang und in größter Hast die Rampe hinunter.

Vor dem Schreinerhaus stellten sie sich auf: «Kommt heraus, ihr beiden. Macht keinen Blödsinn, jetzt gilt es ernst. Wir müssen starten!»
Oben öffnete sich ein Fenster, und Simon schaute herunter: «So geht doch. Wir wollen euch nicht halten.»
«Ihr sollt mit.»
Da tauchte Peggys Kopf unter dem Arm ihres Mannes hervor: «Unmöglich. Wir müssen weitersuchen.»
Der Bürgermeister schrie: «Nehmt doch Vernunft an! Die Pest rollt wie eine Flutwelle heran. In ein paar Minuten wird sie hier sein. Was hat der Junge davon, auch wenn ihr ihn noch findet? Sobald wir fort sind, sitzt ihr hier fest. Immer noch besser, sie findet *ein* Opfer als drei.»
In diesem Augenblick stieg ihnen ein so starker Pestgestank in die Nase, daß sie husten mußten. Jetzt war Aktion geboten. Die Männer schlugen kurzerhand die Fenster im Untergeschoß ein und stürmten das Haus. Oben erwarteten Peggy und Simon sie mit Stock und Besenstiel.
Es wurde eine regelrechte Schlacht. Sie kostete einen Schneidezahn, jede Menge Kratzer, Prellungen und Beulen und ein gerissenes Ohrläppchen. Erst zwei Betäubungsspritzen des Arztes setzten dem Drama ein Ende.
Nachdem die Woods endlich betäubt in die Rakete getragen worden waren, glitt die Tür zu, die Triebwerke dröhnten, man schnallte sich an, der Bildschirm zeigte einen letzten Blick auf Pottinghill. Ein haushoher Wall von rotem Schaum floß auf das Städtchen zu. Schon wälzten sich die ersten Ausläufer durch die Straßen. Dann bedeckten Wolkenfelder die Aussicht.

Der Mondwald

Die erste Flüchtlingsrakete, die auf dem Mond landete, brachte Bewohner aus dem Hohen Norden, wo die Pest entstanden war. Sie waren an Wälder und Seen und an viel Platz gewöhnt. Es würde auf dem Mond ein wenig eng werden, hatten sie gehört, und das machte ihnen zu schaffen. Als sie aber mit einem Ingenieur in einigen Tausend Metern Tiefe aus dem Lift stiegen, erblickten sie kilometerlange Gänge und weitläufige, leere Säle, in die die Sonne durch die Fenster schien.
«Wie bei uns in der Stube», lachte eine Frau.
«Freut mich, daß es euch gefällt», schmunzelte der Ingenieur. «Man merkt's also nicht... Die Fenster sind bloß gemalt. Die Sonne stammt aus der Neonröhre. Wir können auch mit Regen aufwarten oder Schneegestöber, mit Tag oder Nacht, ganz nach Belieben. Wir liefern sogar fixfertige Jahreszeiten: frostklare Wintertage, flimmernde Sommerhitze, lieblichen Frühjahrsduft, Herbstnebel und Sternenhimmel. Bringt die Erde auf den Mond, das ist mein Motto.»
«Da haben Sie sicher recht», seufzte ein alter Waldläufer. «Wenn Sie nur ein wenig Nordlicht auf Lager hätten. Das werde ich am meisten vermissen.»
Der Ingenieur lachte. «Natürlich habe ich welches. Darf ich bitten?»
Er geleitete sie zu einem Mischpult mit Knöpfen in allen Farben, die beschriftet waren: «Abendstimmung am See mit Untermalung ‹O sole mio›», «Gewitter mit Donner und Blitz», «Frühlingserwachen mit Säuselwind und Vogelgezwitscher», «Silvesternacht mit Neu-

jahrsglockengeläute» und sogar «Stehende Kolonne mit Hupkonzert und Abgasgestank», damit auch Städter sich heimisch fühlen konnten.
Die Flüchtlinge sahen sich die Vorführung des Nordlichts mit steinernen Gesichtern an. Sie lauschten der Popmusik, die es begleitete, und dem tiefen «Wuuuh... huuuh», das das Röhren eines Elchhirsches darstellen sollte.
Dann führte der Ingenieur sie zu einer weißgestrichenen Tür, auf der mit Filzstift *Wald* geschrieben stand. Er öffnete, und – jawohl, ein Wald war es, wenn auch nur ein kleiner. Er war untergebracht in einem Mehrzweckraum. Man konnte ihn bei Bedarf auch als Lager verwenden und sogar als Turnhalle, was zu erkennen war an der Sprossenwand und den hochgezogenen Ringen.
Zwischen den dicht beieinanderstehenden Bäumen wimmelte es von Tieren: Die Kaninchen hoppelten, die Fasane flatterten, die Eichhörnchen huschten die Bäume hinauf, die Füchse schlichen, die Rehe ästen, Vögel sangen und flogen herum – und die Eule schrie «Kuk-kuck-kuckuck», aber das war ein Irrtum.
Überall blühten Blumen. Sie dufteten, als hätte jemand einen Eimer Parfum ausgeleert, und genau das war der Fall, denn es braucht kräftige Maßnahmen, will man den Faulen-Eier-Geruch von Gichtelgas übertönen.
Einer der Jäger klopfte an eine Eiche. «Plastik!» raunte er seinen Nachbarn zu.
Der Ingenieur hörte dies und sagte stolz: «Gut getroffen, nicht? Jeder bekommt hier, was er braucht. Die Turnhalle der Eskimos zum Beispiel besteht aus einem riesigen Kühlschrank mit echten Eisbären, denen allerdings die Krallen gestutzt und die Zähne gezogen sind,

damit die Kinder gefahrlos auf ihnen reiten können. Oder nehmen wir die Wüste der Beduinen – ein Hit, sage ich euch! Komplett mit Sandstürmen, fernen Horizonten und Kadavergerippen. Die stechende Sonne braucht man nur anzuknipsen, die Fata Morganas sind spannend wie ein Film. Auch dort kann man reiten, auf Kamelen, versteht sich. Der Boden unter dem Sand rollt im gleichen Tempo zurück wie die Tiere gehen, so daß sie sich die Beine aus dem Leib rennen können, ohne einen Meter vorwärtszukommen. Ihnen tut es nur gut, sich ein wenig die Beine zu vertreten, und die Beduinen haben ihren Spaß.»
Die Leute aus dem Hohen Norden lachten. Dann aber trat ein Holzhacker vor und zeigte auf den Wald: «Mögen die Beduinen rennen, wir arbeiten lieber. Wie sollen wir das hier tun?»
«In diesem Wald läßt sich jedenfalls nicht pirschen», meinte ein Jäger. «Und Holz hacken und Bäume fällen sollen wir wohl auch nicht. Aber wie können wir da unser Brot ... ich meine, unsere Pillen verdienen?»
Der Ingenieur rief: «Ihr habt Ferien, ist das nicht herrlich?»
«Wir möchten lieber arbeiten.»
«Ausgeschlossen, tut mir leid. Solange wir auf dem Mond sitzen, gibt es nur für wenige Auserwählte Arbeit. Fast alles wird von Roboterfabriken erledigt.»
In diesem Augenblick begann an der Tür ein Blinklicht zu flackern. Der Ingenieur entschuldigte sich hastig: «Ein neues Flüchtlingsschiff ist eingetroffen. Bitte entschuldigt mich. Ihr wohnt im Raum 713-BQ14-86314709-A. Weitere Instruktionen über das Fernsehen.» Und weg war er.
«Der hat es gut», sagte ein kleiner Junge. «Der kann

wenigstens mit seinem Computer spielen.»
«Und wir haben nicht einmal ein Päckchen Spielkarten dabei», sagte der Fischer. «Das kann ja heiter werden.»

Wie man Babys das Schreien abgewöhnt

Inzwischen war die Menschenrettung in vollem Gang. Raumschiff um Raumschiff landete und spuckte seine Passagiere aus. Allmählich saßen die Leute so eng aufeinander wie in einem vollbesetzten Stadtbus. Aus dem allerdings hätte man jederzeit aussteigen können. Hier ging die Fahrt voraussichtlich bis zum Lebensende.
Um auf dem Mond die Nacht vom Tag zu unterscheiden, wurde jeden Abend punkt 22 Uhr der Fußboden in allen Aufenthaltsräumen auf «weich» geschaltet, und fertig war die Großmatratze. In Sardinenformation legte man sich schlafen: Kopf an Fuß, und Fuß an Kopf. Ging das Muster nicht auf, mußten die Überzähligen aus Platzmangel die ganze Nacht stehen.
Wurde der Boden wieder hart, war die «Nacht» vorüber, und man krabbelte auf die Füße, schluckte seine Essenspille, machte Spray-Toilette, putzte sich die Zähne mit Mundspülampullen, setzte sich auf sein kleines Klappstühlchen – und wartete, bis es wieder Abend wurde.
Von Anfang an stand fest, daß man mit dem Wasser sehr sparsam umgehen mußte. Es reichte gerade aus,

um den Durst zu löschen. Wer sich aber mit Wasser waschen wollte, mußte es sich zusammensparen. Einmal Haarewaschen kostete gut einen Monat Durst, eine Dusche vier Monate. Ein Vollbad brachte keiner mehr zusammen, das hätte mindestens ein Jahr gedauert. Es kam aus der Mode, sich zum Geburtstag zu gratulieren. Jetzt sagte man: «Ich wünsche einen schönen Waschtag», denn das bedeutete ein viel größeres Fest. Und ganz feudal war es natürlich, wenn man dazu ein Splitterchen echter Seife geschenkt bekam.

John Brendon, der Mondpräsident, hatte Jasper in seinen engsten Mitarbeiterstab geholt. Die beiden waren ungefähr gleich alt und schätzten sich sehr. Es dauerte nicht lang, und sie waren Freunde.

Simon und Peggy wohnten 71 km über der Hauptzentrale und dann noch drei Stunden geradeaus mit der Untergrundbahn im Stadtsaal «Pottinghill».

Hier schlug sich die Bevölkerung mit den gleichen Problemen herum wie überall. Gegenwärtig schien sich alles Übel in den Babys zu vereinen. Sie schrien zum Erbarmen, oder, wie es den geplagten Leuten eher vorkam, erbarmungslos. Dabei war die Wasser-Pillendiät leicht verdaulich, und die Staubfaserwindeln mit Steinschaumeinlage bewährten sich tadellos.

Nun hatte gerade Simon Hütedienst. Da jedermann arbeitslos war, wechselte man sich wenigstens bei der Kinderpflege ab. Simon hielt ein Baby, einen Jungen, im Arm, und man hätte meinen können, Simon piekse ihn mit einer Stecknadel, so entsetzlich schrie er.

«Ich habe alles versucht, ihn zu beruhigen. Ich habe ihn flach auf den Boden gelegt, damit sein Rücken sich erholt nach dem ewigen Herumhängen auf jedermanns Schoß. Um ihn zu schützen, habe ich mich sogar

breitbeinig über ihn gestellt. Aber da hat er erst recht losgelegt, der Balg», klagte Simon.
«Er wird Angst davor haben, getreten zu werden. Dauernd stolpert hier einer über den andern, besonders in der Nacht. Die Kinder liegen sowieso viel zu eng aufeinander», meinte Peggy.
«Also Platzangst, meinst du?»
«Ja, ich kenne es von Dec, der litt auch darunter...»
«Nun gut, dann müssen wir schon Dec zuliebe eine Lösung finden. Halte mal den Brüllaffen hier. Ich muß nachdenken.»
Und Simon verzog sich auf die Toilette, den einzigen Ort, wo man einen Augenblick ungestört sein konnte. Als er zurückkam, verkündigte er: «Wir befestigen Hängebettchen an der Decke, eine Art Rucksack mit Löchern für Arme und Beine, so daß sie nicht herausfallen können. Mit ein wenig Stoff und ein paar Röhren ist das einfach herzustellen. Stangenresten gibt es. Wir müssen nur den Stoff besorgen.»
«Dabei wird Vater helfen», rief Peggy.
Aber am Telefon bedauerte Jasper: «Schade, die Idee ist gut, aber an Stoff ist nicht zu denken. Silicosefasergarn können wir herstellen soviel du willst. Aber einen Webstuhl gibt es nicht auf dem Mond. Tut mir leid, Peggy.»
Als Peggy mit der Nachricht zurückkehrte, daß aus der Sache nichts werde, meldete sich eine alte Frau. Sie hielt vergnügt einen angefangenen Pulliärmel in die Luft und rief: «Aber Garn gibt es, sagst du? Dann ist die Sache einfach. Wir stricken die Rucksäcke.»
Nach einigen Tagen hingen die ehemaligen Schreihälse wie eine Kolonie Fledermäuse unter der Decke und schaukelten zufrieden...

Rezept für Schule ohne Schule

Nun waren wohl die Probleme der kleinen Kinder behoben, doch auch die größeren hatten nichts zu lachen. Wie unsagbar langweilig war es auf dem Mond! Bis die Minuten zur Stunde wurden, verging eine Ewigkeit. Und hatte man endlich zwölf dieser Ewigkeiten hinter sich gebracht, war es erst Abend.
Wer umhergehen wollte, mußte sich mühsam einen Weg zwischen der dichtgepackten Menge bahnen, wie im Kino, wo alle aufstehen müssen um einen durchzulassen. Das stört, sogar die Kinder ließen es bald bleiben. Also saßen sie zwischen den andern eingekeilt in den übervollen Räumen und stritten sich, um wenigstens etwas Abwechslung zu haben.
Es war auch wirklich dumm: Zwei Raketen waren vom Kurs abgekommen und befanden sich auf Nimmerwiedersehen auf dem Weg zur Sonne. Zum Glück waren sie unbemannt gewesen, aber sie hätten Bücher und Schulmaterial bringen sollen. Nun mußten die Kinder ohne Schule auskommen. Daheim auf der Erde hätten sie gejubelt. Hier in der Verbannung bedeutete es eine Katastrophe.
«Wie soll ich unterrichten ohne Bücher?» seufzte ein Lehrer. «Ich kann aus dem Gedächtnis erzählen, aber alles weiß ich auch nicht auswendig. Und wie sollen die Kinder schriftlich rechnen ohne Papier? Wie schreiben lernen?»
Als Jasper schließlich Schiefertafeln aus einer dunklen Mondsteinsorte und einen Griffel aus kalkähnlichem Material erfand und in den Roboterfabriken serienmä-

ßig herstellen ließ, war die Freude groß. Nur der Bürgermeister zeigte sich pessimistisch.

«Ein bißchen Herumkritzeln, was bringt das schon», brummte er. «Wenn wir nur Bücher hätten!»

«Da gibt es natürlich diese Stadtbibliothek. Sie umfaßt die wichtigsten Werke unserer Zeit, und soviel ich weiß auch Schulbücher», sagte der Schularzt. «Man kann sie an Ort und Stelle einsehen. Aber ausgeliehen werden sie natürlich nicht, da sie unersetzlich sind.»

Mutter Hubbard, die bis jetzt geschwiegen hatte, legte ihre Strickarbeit in den Schoß.

«Also sind Bücher vorhanden? Man darf sie sogar einsehen? Ja, was wollt ihr noch mehr? In meiner Jugend mußten wir Gedichte auswendiglernen, und die habe ich behalten. Ich schlage vor, daß jeder von uns eine Seite auswendiglernt, nur eine, das genügt. Alle miteinander bringen wir leicht das Schulmaterial zusammen, das die Kinder brauchen.»

Noch am gleichen Tag pilgerten die ersten Pottinghiller zur Bibliothek und begannen zu büffeln.

Jede Klasse kam zu ihrem Unterricht. In der ersten Mittelschulklasse sagte der Geschichtslehrer: «Wir sind beim Zerfall des Römischen Reiches stehengeblieben, wenn ich mich recht erinnere.»

Worauf Frau Stubbs, die Posthalterin, sich nach vorne drängte und rief: «Ich bin das Römische Reich, Seite 17!» Sie setzte sich in Positur und gab die ganze Seite von sich, fehlerlos, und Kleingedrucktes inbegriffen.

Dann stoppte sie mitten im Satz. Die Seite war fertig, und sie somit auch. Man konnte sie leider nicht umblättern. Also fing sie wieder von vorne an. Sie glich einer Grammophonnadel, die bei einem Kratzer in der Platte zurückspringt und das Gleiche nochmals spielt.

Die Kinder begannen, den Text mitzusprechen. Die anderen Klassen und die Erwachsenen fielen ein, bis sie zuletzt in mächtigem Chor den Untergang des Römischen Reiches nur so herunterschmetterten. Der erste Schultag endete mit Gelächter.

Menschenkonserve

Jeder sehnte sich danach, die Erde wiederzusehen. Je länger sie im Innern des Mondes gefangen saßen, desto unerträglicher wurde das Heimweh.
Jeden Abend wurde ein neu aufgenommenes Bild der Erde im Fernsehen ausgestrahlt, das alle lange betrachteten. Hatte sich seit gestern etwas verändert? Hatte die Pest ausgewütet? Zeigte jenes Pünktchen dort nicht einen grünen Schimmer? Man konnte nie wirklich sicher sein.
Immerhin, soviel stand fest, veränderte sich der Rotton der Erde. Das Wasser war nach einigen Wochen wieder blau. Auch das kitschige Orangelila des Festlandes verwandelte sich bald und wurde zu leuchtendem Plastikrot. An andern Orten nahm es die Farbe von verrottetem Rotkohl an oder verblaßte zu einem faden Violett. Die ganze Erde war fleckig.
Man hatte vor dem großen Auszug überall Wanderroboter als Beobachter eingesetzt. Sie übermittelten unentwegt Daten über Luftzusammensetzung, Bodenbeschaffenheit, Temperatur. Auf dem Kanal, der Lebens-

zeichen vorbehalten war, herrschte allerdings Funkstille. Hingegen trafen nach einigen Monaten Meldungen ein wie: «Analyse der Pest nach wie vor unmöglich – Erde total leergefressen – keine Nahrung mehr für die Pest – Pest frißt sich selbst – tot – tot – tot ... *error* – Pest überlebt vermutlich in eingekapseltem Zustand in gewissen Baumresten – nicht beweisbar. Wahrscheinlichkeitsgrad 87,8 bis 96,3 % -- von Rückkehr dringend abgeraten – Menschheit oben bleiben – oben bleiben – oben bleiben...»

Es wäre alles einfacher gewesen, wenn man wenigstens herausgebracht hätte, woher die Rote Pest gekommen war. Aber der einzige, der möglicherweise etwas beobachtet hatte, war ein harmloser Irrer, der immerzu von Papas lieben Kultürchen sprach. Er behauptete sogar, der Erfinder der Roten Pest zu sein; aber niemand nahm ihn ernst.

Das Rätsel um die Herkunft der Seuche blieb ungelöst. Vielleicht stammte sie aus dem All und geisterte dort immer noch herum. Viel zu riskant, eine Aufklärungsexpedition zur Erde zu schicken! Sie könnte womöglich unterwegs die Pest auflesen und auf dem Mond einschleppen. Also mußte man wohl oder übel den Wanderrobotern glauben und obenbleibenobenbleibenobenbleiben...

Die Zeit schlich dahin, und der anfängliche Schwung der Mondbewohner verlor sich. Die Schule ging ein, die Bauerei geriet ins Stocken. Die Fernsehfilme schaute keiner mehr an, man kannte sie längst auswendig.

Hätten die Roboterfabriken nicht automatisch alles Notwendige ausgespuckt, die Menschen wären aus schierer Mutlosigkeit zugrundegegangen. Das Stricken war jetzt überall die Hauptbeschäftigung, aber was

dabei herauskam, hatte längst keinen Sinn mehr. Männer wie Frauen verfertigten ungeheure Lappen ohne Zweck, nur um diese nach einer gewissen Zeit wieder aufzutrennen und von neuem anzufangen. Dazu kam das ewige Gichtelgas-Kopfweh und das Eng-aufeinander-Sitzen, daß man hätte schreien mögen.
Wie Erbsen in der Konservenbüchse hockten die Menschen im Mondesbauch – wie intelligente Erbsen, die es mit Technik, Erfindergeist und List fertiggebracht hatten, in ihrer Büchse am Leben zu bleiben. Nun saßen sie da und warteten, warteten...
Nach drei Jahren warteten sie immer noch.

Lärm in der Werkstatt

Vom Mond aus bot die Erde keinen erbaulichen Anblick. Aber wie verheerend war es erst an Ort und Stelle! Was sich einst wie überkochendes Früchtemus schäumend über die Länder gelegt hatte, war zusammengeschrumpft zu einer dünnen Lackschicht. Sie bedeckte alles, was einmal gelebt hatte, jede Wiese, jeden Acker und vor allem den Wald. Hie und da stachen Gebilde wie schiefhängende Sülzeklumpen daraus hervor – die Baumriesen von einst, von denen es immer noch klebrig heruntertropfte...
Allerdings haftete die Pestschicht nicht länger an Gegenständen. Nacktes Gestein, auch Siedlungen waren wieder zum Vorschein gekommen. Und irgendwo lag am südöstlichen Meeresufer das Städtchen Pottinghill.

Nichts lebte, nichts bewegte sich mehr. Überall unheimliche Stille.
Außer natürlich bei Sturm. Dann heulte der Wind durch die Gassen und in den Kaminen. Dann ächzten die Fensterläden in den schiefgedrückten Scharnieren und knallten gegen die Wand, so daß die paar wenigen ganz gebliebenen Scheiben klirrten. Wo aber das Glas zerbrochen war, zerrte der Sturm die Vorhänge aus den Fenstern und schnitt sie an den scharfkantigen Scherben zu Fetzen. Ungehindert regnete es in die Häuser hinein. Die Gehsteige lagen voller Trümmer. Nach diesen drei Jahren glich Pottinghill einer Geisterstadt.
Eines Tages aber erklang auch bei Windstille ein leises Gepolter von irgendwoher. Das geschah öfters neuerdings, da immer mehr Häuser einstürzten. Doch diesmal kam das Geräusch aus der Werkstatt von Simon Wood.
Hier sah es besonders wüst aus. Wahrscheinlich war damals beim Aufbruch eine Tür offen geblieben, denn Wind und Regen hatten verheerenden Schaden angerichtet.
Das Gepolter schien aus der Ecke mit den aufgestapelten Hochzeitstruhen zu kommen. Die oberste war heruntergefallen und lag offen auf der Seite. Fast machte es den Eindruck, als bewege sich etwas darin...
Eine Hand kam zum Vorschein. Darauf folgte ein verwuschelter, rotbrauner Schopf, Arme, Beine und alles, was sonst noch zu einem Jungen gehört. Er stand auf, reckte und streckte sich: «Oaah... habe ich gut geschlafen...»
Er war es. Der Junge, der vor Jahren beim Aufbruch unauffindbar gewesen war: Dec Rotschopf. Also hatte

er die ganze Zeit in jener Truhe gesteckt. Die Bürger von Pottinghill hatten an allen möglichen und unmöglichen Orten nach ihm gesucht. Aber daß er hier unter ihrer Nase versteckt war, darauf war keiner gekommen. Dabei hatte Dec an jenem Tag von seinem Standpunkt aus recht vernünftig gehandelt. Als der Apotheker die Nachricht gebracht hatte, daß die Pest gekommen sei, war jedermann fortgerannt. Nur Dec war stocksteif in der Werkstatt stehen geblieben. Er konnte sich nicht rühren vor Schreck. Denn so schlimm es für alle war, für ihn war es besonders schlimm.

Dec litt an Platzangst: Was immer er tat, es mußte möglichst draußen geschehen. Oder wenigstens über dem Erdboden. Wenn er nur schon etwas aus dem Keller holen sollte, wurde ihm schummrig in der Magengegend. Und jetzt war das Grauenhafte, das er im Geheimen gefürchtet hatte, passiert. Die Reise mit der Rakete, die würde er überstehen. Aber nachher kam das Leben auf dem Mond. Man würde ihn lebendig begraben mit Tonnen und Tonnen von Gestein über dem Kopf. Vielleicht kam er nie mehr heraus...

Dec überfiel schwarze Verzweiflung. Und dann dachte er: «Ich muß es versuchen. Ich weiß, es ist dort dunkel und eng und garstig. Aber wenn ich in die Truhe steige, den Deckel freiwillig hinunterziehe und es dort aushalte – mindestens zehn Minuten lang, oder vielleicht auch nur fünf, oder eine – dann habe ich die Probe bestanden. Dann weiß ich, daß ich auch den Mond aushalten kann.»

Dec ballte die Fäuste und atmete tief durch. Er nahm all seinen Mut zusammen, kletterte in die oberste der aufgestapelten Kisten und zog den Deckel über sich zu. Von der Suche nach ihm merkte er ebensowenig wie

von der Roten Pest, die kurz darauf in die Werkstatt quoll und den leckeren Bissen in der Truhe sofort witterte. Die Suchfäden trommelten darauf vor lauter Gier. Sie tasteten das Holz ab nach einer Ritze, die kleinste hätte genügt. Sie fanden keine. Da schäumte die Rote Pest die Kiste ein und versuchte, sie zu verdauen. Doch so hungrig die Rote Pest auch war, gegen Simons Handwerkskunst zog sie den kürzeren.
Währenddessen schlief Dec tief. Wie bei Sereina lag sein Lebensfaden in einem festen Knoten. Und als er nach 1111 Tagen und 1111 Nächten aufwachte, meinte er, es habe bloß ein Nickerchen gemacht. Seltsamerweise stimmte es sogar. Er war während all dieser Zeit nicht um drei Atemzüge älter geworden.
Am 22. Juli aber, nachmittags um 14.35 Uhr, war die Wirkung des Torkalubinosis verpufft. Im gleichen Augenblick erwachte Dec.

Die brennende Würstchenbude

Dec gähnte, räkelte sich und stellte verwundert fest, daß er am hellichten Tag geschlafen hatte... Erst dann merkte er, daß er in einer Hochzeitstruhe gelegen hatte.
«Hurra, ich kann's!» rief er und begann herumzutanzen. «Ich kann eingesperrt sein und sogar einschlafen dabei. Wer hätte das gedacht!»
Nun war der Mond ein Kinderspiel. Dec war bereit, es mit ihm aufzunehmen; wenn es sein mußte, sofort.

Er wollte sich auf den Weg machen, um sich nach der Startzeit zu erkundigen, als er innehielt. Verwundert blickte er um sich. Im ganzen Raum lag dicker, roter Staub. Die Kinderzeichnungen an der Wand waren vergilbt und hatten orange Flecken. Der Wind blies durch ein zertrümmertes Fenster, durch das ein rotes Gelumpe hereinhing statt des Efeus, der dort hingehörte. Als Dec hinging, um es sich von nahem zu besehen, krachte ein vermodertes Brett, und er wäre fast durchgebrochen.

Da fiel ihm ein Spinnengewebe in die Augen. Wo kam denn das her? Er hatte doch soeben genau dort ein Brett zurechtgesägt, und es war nicht da gewesen. Auch mit der Spinne stimmte etwas nicht. Wieso war sie so seltsam rot lackiert? Dec tippte sie vorsichtig an. Sie fiel herunter.

Was um Himmelswillen war hier vorgefallen? Mit einem unguten Gefühl verließ Dec die Werkstatt. Doch in Panik geriet er erst, als er sein Fahrrad sah. Es stand zwar noch an der Hausmauer, an die er es heute morgen angelehnt hatte, war aber fast nicht wiederzuerkennen. Das chromglänzende Prachtstück war nur noch ein trauriger Rosthaufen. Aus dem geplatzten Sattelleder quoll die Füllung. Beide Räder hatten einen Platten. Der Reifen, den Dec vor einer Stunde neu montiert hatte, war morsch und rissig. Dec begann sich zu fragen, wie lange er wirklich geschlafen hatte.

Seine erste Reaktion war, zu Peggy und Simon zu rennen. Aber dann dachte er: «Ach was, ich bin kein kleines Kind mehr. Ich will selbst herausfinden, was hier geschehen ist.»

Offenbar war nicht nur die Zeit durcheinander geraten. Auch sonst stimmte einiges nicht mehr. Der Vorgarten

von Frau Stubbs zum Beispiel. Die Posthalterin hatte Dec erst gestern angefahren, weil er in ihre Rosen gesprungen war, als er seinen Ball holen wollte – und jetzt waren da nur noch dürre Äste. Total hinüber, die ganze Pracht. Und alles ganz rot.
Als Dec den Park erreichte, staunte er noch mehr. Wie sahen erst die Bäume aus! Auch sie waren rot und so verquollen und entstellt, daß sie kaum mehr als Bäume zu erkennen waren. Außerdem stanken sie jämmerlich, speziell der hellrote dort, der ein wenig schäumte. Dec kam es vor, als höre er ein leises Knistern. Es schüttelte ihn vor Ekel. Richtiggehend krank sahen sie aus, wie...
«Wie wenn sie die Pest hätten!» sagte Dec laut. Da war es vorbei mit seinem Heldentum. Er rannte heim, wie wenn ihm sieben Teufel auf den Fersen säßen.
«Simon! Peggy! Simonpeeeggy!» Im Schreinerhaus fuhr er wie ein Irrwisch durch alle Zimmer. Aber auch hier war alles verlassen und voller Staub. Die Luft roch abgestanden, als wäre hier seit Jahren nicht gelüftet worden.
Dec versuchte es aufs neue im Städtchen. Niemand. Nur überall dieses kranke Rot.
«Simonpeggy», wimmerte Dec. «Warum habt ihr mich im Stich gelassen?»
Da war es, als ob in ihm etwas überschnappe. «Simon», kreischte er: «Peggy. Ihr Blödmänner, gebt doch endlich Antwort!»
Er stocherte mit seinem Pfadfindermesser Pflastersteine aus dem Straßenbelag, warf kurzerhand einige Fenster ein und schrie die schlimmsten Schimpfwörter, die er kannte. Niemand erschien.
Sie waren weg. Der letzte Pflasterstein fiel Dec aus der Hand.

«Sie sind fort», heulte er, «...ich ha-habe den Abflug verschlafen...»
Er konnte nur noch versuchen herumzutelefonieren, bis er irgendwo Platz in einer Rakete fand. Dec rannte zum Postbüro und schlug das Fenster ein. Dann kletterte er über die Scherben in den Schalterraum, suchte den Knopf für «Notstromversorgung» und vernahm im Apparat tatsächlich den Summton. Doch auf der anderen Seite blieb die Leitung tot. Dabei hatte er die Nummer der Mondfahrtbehörde gewählt, bei der ausdrücklich vermerkt stand: «Tag und Nacht geöffnet». Dec suchte weiter... Nichts zu wollen im ganzen Land. Dann die Nachbarstaaten... Übersee... Endlich hörte er auf der andern Seite der Erdkugel irgendwo das Telefon läuten. Sein Herz machte einen Freudensprung. Aber niemand nahm ab...
Als Dec das Postgebäude verließ, zitterte er. Verzweifelt irrte er durch die Straßen. Schließlich hielt er es im ausgestorbenen Pottinghill nicht mehr aus. Er nahm sein altes Fahrradwrack und rumpelte auf den Felgen zum Strand. War es nicht ein ganz klein bißchen möglich, daß ein Schiff vorbeifuhr?
Am Strand stand halb im Sand eingesackt eine Würstchenbude.
«Die zünde ich an», sagte Dec laut. «Als Warnsignal. Bald wird es dunkel. Wenn dann ein Schiff vorbeikommt, sieht der Kapitän den Lichtschein von weitem und rettet mich. Zum Glück habe ich Zündhölzer in der Tasche.»
Als die Nacht sich über das Meer senkte, brannte am Strand die Würstchenbude lichterloh. Daneben saß Dec und wartete auf sein Schiff.

Die angespülte Hochzeitstruhe

Hunderte Kilometer von Pottinghill entfernt, wo die Berge in den Himmel ragen, lag Sereina in ihrer Truhe und schlief.
Ihr Torkalubinosis war genau so alt wie das von Dec, und verlor seine Wirkung im gleichen Moment. Doch da sie um Jahre länger geschlafen hatte, begann ihr Herz nur ganz zaghaft zu schlagen. Gut eine Stunde später war ihr Herzschlag schon deutlicher wahrnehmbar. Ihre Atemzüge wurden regelmäßig und kräftiger. Sereina drehte sich auf die Seite und fing an zu träumen. Es war ihr, als tauche sie aus den tiefsten Tiefen des Ozeans empor. Schwer drückte das Wasser auf ihre Brust. Doch sie mußte atmen, jetzt, sonst würde sie ersticken. Wild ruderte sie mit Armen und Beinen, um das Wasser über sich wegzustoßen – und berührte dabei etwas Hartes. Etwas, das sich wie Holz anfühlte, die Unterseite eines Schiffes vielleicht, oder ein Laufsteg. Sereina geriet in Panik, drückte nach oben und siehe da, der Laufsteg gab nach. Plötzlich konnte sie frei atmen. Gierig sog sie die Lungen voll.
Sereina wunderte sich. Wie kam sie bloß auf Wassermassen; sie war nicht einmal naß. Sie mußte geträumt haben. Klar, sie lag ja daheim im Bett in ihrem Mansardenzimmer. Über ihr glitzerten die Sterne. Es war ihr nur nie aufgefallen, daß sie sie durch die Dachluke in so großer Zahl sehen konnte.
Sie blickte in die Höhe und überlegte schlaftrunken, daß das heute ein seltsamer Himmel sei. Mitten im Gewimmel von Sternen zeigte ein breiter, dreieckiger Zacken kein einziges Licht.

«Sie haben ein Stück herausgeschnitten...», murmelte Sereina, sprach's, drehte sich auf die Seite und schlief prompt wieder ein.

Natürlich waren die Sterne noch alle vorhanden. Sereina hatte den aufgeklappten Truhendeckel gesehen, der in die Höhe gesprungen war. Simon Wood hatte nämlich die Truhen mit einem Federmechanismus versehen, so daß sich beim geringsten Druck der Deckel hob.

Gut und recht, aber Sereina war metertief begraben gewesen. So stark konnte die Feder doch nicht sein, daß sie gleichzeitig mit dem Deckel eine Tonne Stein und Erde in die Höhe stemmte?

Nun, wie überall hatte auch hier die Rote Pest gewütet. Die Berghänge waren abgefressen, die weiten Tannenwälder tot, die Alpenwiesen von einer roten Lackschicht zugedeckt. Und als zur Zeit der Schneeschmelze die Bergbäche viel Wasser führten, waren keine Baumwurzeln da, um es zu speichern, und es gab keinen durchlässigen Wiesenboden, in dem es versickern konnte. Der kleine Bach, der durch Sereinas Dorf floß, wurde zu einem gefährlichen Wildbach. Tote Bäume, Hecken, ganze Scheunen schlug er los, und am Ende sogar die Seuchenkruste.

Der ungestüme Bach riß auch die Friedhofmauer mit und schwemmte die Erdschicht über Sereinas Kiste weg. Er erfaßte die Truhe und trug sie davon. Doch dauerte die Reise nur kurz. Nicht weit unterhalb des Friedhofs wölbte sich eine kleine Steinbrücke vom ehemaligen Bachufer zum andern. Sie war auf Fels gebaut; nicht einmal der stürmische Bergfluß hatte sie zerstören können. Oberhalb dieser Brücke lag allerlei angeschwemmter Plunder, so daß der Bach sich staute und

sogar die beiden Brückenenden überspülte.
Da kam Sereinas Truhe angeschaukelt. Mit Schwung prallte sie gegen einen Baumstamm und blieb im rotfauligen Ästegewirr stecken. Im Laufe der Tage wurde die Kiste immer ein bißchen höher, immer ein bißchen weiter nach vorne geschoben, bis sie schließlich oben auf der Brücke stand. Als Sereina aufwachte, brauchte sie nur den Deckel aufzustoßen und herauszuklettern.

Auf Leben und Tod

Sereina wanderte um die merkwürdige Truhe herum und begriff gar nichts. Wie war sie denn da hineingekommen? Und wieso trug sie ein Nachthemd? Sie schaute an sich herunter, hob den Saum des Kleidungsstückes und merkte, was sie in Wahrheit anhatte. Ein weißes Totenhemd. Sie guckte in der Kiste nach, und da lag ein vertrocknetes Blumensträußchen mit Trauerbändern, wie man sie den Verstorbenen in die Hände legte. Auf dem Band stand: «Zur Erinnerung an unsere liebe Sereina. Ihre Eltern.» Du lieber Himmel, sie *war* doch lebendig? Verwirrt richtete Sereina sich auf und schaute um sich, um festzustellen, wo sie sich befand.
Kaum hatte sie einen ersten Blick auf ihre Umgebung geworfen, verging ihr das Grübeln über ihr eigenes Schicksal. Es war, als schaue sie der Fäulnis selbst ins Gesicht. Das Gesträuch im Wäldchen jenseits des Bachs sah aus wie zerflossen. Dahinter standen irgend-

welche trostlosen Gebilde, an denen schlabbriger Dreck herunterhing. Einige waren krumm wie eine Kerze, die in der Hitze geschmolzen ist. Dabei standen sie so wacklig, daß sie jeden Moment umzufallen drohten. Sereina begriff, daß sie Bäume vor sich sah. Zwischen diesen Jammergestalten hing eingetrockneter Pestschaum und ineinandergeschlungenes Fadengewirr, das sich wie riesige Spinnenweben von Krüppelbaum zu Krüppelbaum spannte. Sereina meinte, es seien Geistervorhänge, löchrig und zerfetzt wie sie waren, und dunkelpurpurrot. Langsam blähten sie sich und wehten hin und her.

Angewidert betrachtete Sereina das grausige Bild. Die torkelnden Baumleichen kamen ihr unerträglich vor. Sie nahm einen Stein und warf ihn mit aller Kraft in das Wäldchen. Er traf einen Baum, der besonders stark wackelte. Er fiel und riß einen zweiten Baum mit. Die Stämme knirschten wie altes, zähes Leder. Der zweite Baum schwankte, fiel ebenfalls... Pumm – pumm – pumm. Da lag eine ganze Gasse umgeworfen, einfach so hintereinander.

«Wie ein Dominospiel», dachte Sereina verblüfft. «Aber das sind ja gar keine Bäume mehr. Das sind höchstens noch leere Papierhüllen.»

Auf der anderen Seite des Flüßchens war der Boden flach, eine Bergwiese. Auch hier zeigte sich das dreckige, verblaßte Rot. Sereina sah, daß sogar die Berghänge in der Ferne unnatürlich weinrot schimmerten.

Und doch, es gab noch andere Farben. Der Schnee auf den Gipfeln glänzte weiß. Die Felsen, die früher schon nackt und unbewachsen gewesen waren, zeigten sich grau. Vor allem war da der klare, blaue, saubere Himmel und die Sonne.

«Wa ... was ist denn hier los?» stammelte Sereina bestürzt. «Dies muß ein fremder Planet sein. Mars oder so was. Oder ... vielleicht bin ich wirklich tot.»
Sie trat ans Brückenmäuerchen. Mitten im Bach türmte sich ein Durcheinander von Baumgerippen, Ästen, einem Schubkarren, zwei Küchenstühlen, einem halben Scheunendach und sonstigem Abfall. Auch hier war alles über und über rotverschmiert. Auf beiden Seiten des Haufens floß Wasser zum Tal hinunter und führte ebenfalls roten Dreck mit sich.
Plötzlich wurde der widerliche Geruch noch schlimmer. Sereina vernahm ganz aus der Nähe das Geräusch von knirschendem Leder... Als sie aufblickte, bemerkte sie über ihrem Kopf die verzerrte Form von dem, was einmal ein Ast gewesen war. Doch mißgestaltet, wie er war, schien er in einem früheren Stadium der Krankheit zu stecken. Fast alles ehemals Lebendige wirkte aufgedunsen und gleichzeitig verschrumpelt, als wäre es hochgeschäumt und nachher eingetrocknet. Vor allem war die Farbe dunkel. Dieser Baumarm aber glänzte feucht in einer Art Orange-rosarot, war aufgeblasen und straffgespannt wie ein Kinderballon. Und – er bewegte sich wie ein lebendiges Wesen.
Ruckartig senkte sich der Ast in Richtung Sereina. Schleim begann herunterzutropfen, als laufe ihm das Wasser im Mund zusammen. Er peitschte die Luft, als könne er es nicht erwarten, sich irgendwo einzuhaken. Der ganze Ast zitterte vor Gier. Und diese Gier, das erkannte Sereina, galt offenbar ihr.
«Iiii -iig. Laß mich in Ruhe, du Scheusal!» kreischte sie. Erschrocken wich sie ein paar Schritte zurück und stolperte. Sie rappelte sich auf, fischte eine abgebrochene Eisenstange aus dem angeschwemmten Unrat und

fuhr damit wie eine Furie auf den Baumast los. Instinktiv haßte sie dieses zuckende, geifernde Etwas. Sie schlug drauf ein mit aller Kraft, immer und immer wieder.

«Pschjj-ff...», machte die Rinde, als sie zerriß. Der Ast krachte zu Boden, und heraus quoll ein quabblig roter Gelee, der erbärmlich stank. Unverzüglich begann er hinaufzufließen bis dort, wo Sereina mit ihrer Stange stand. Hunderte von Fadenwürmern wuchsen aus ihm hervor, machten sich selbständig und begannen ebenfalls in ihre Richtung zu schlängeln.

Sereina warf die Stange hin und flüchtete in panischem Entsetzen. Am Ende der Brücke mußte sie über den Abfall klettern, der sich im Wasser staute. Dabei wickelte sich das Nachthemd um ihre Beine, was sehr lästig war. Aber sie hatte keine Hand frei, um es auszuziehen. Es war schwer genug, sich oben auf dem Treibgut zu halten. Aber was auch geschah, sie durfte nicht ins Wasser fallen. Darin schwamm womöglich ebenfalls von dem roten Zeug...

Sereina krabbelte, strauchelte, hielt sich wie ein Seiltänzer mit ausgestreckten Armen im Gleichgewicht – und erreichte schließlich mit einem Hechtsprung von einem schwimmenden Hühnerstall aus das Ufer.

Erschöpft warf sie einen Blick auf die Brücke. Die Fadenwürmer standen aufrecht an deren Rand. Sie wandten sich in alle Richtungen, als fragten sie sich, wo ihre Beute auf einmal geblieben war.

Sereina begannen Erinnerungsfetzen im Kopf herumzuspuken: Gespräche mit ängstlichem Unterton; weitaufgerissene Augen; die Mutter, die mitten im Gemüserüsten die Kartoffel fallenließ und nervös am Radio drehte...

Auf einmal wußte sie, was geschenen war. Dies war die Pest, die drohende Rote Pest, vor der alle so furchtbare Angst hatten. Was für ein Glück, daß sie ihr vorhin entkommen war.

Das heißt – war sie der Pest entkommen? Oder hatte die Pest sie am Ende schon gekriegt, und sie war doch tot? Sie untersuchte sich hastig, fand aber nicht das kleinste Fleckchen – dafür eine Beule am Hinterkopf.

«Richtig!» rief Sereina, «jetzt weiß ich es wieder. Ich bin mit Köbis Wagen zusammengestoßen, weil die Straße vereist war. Morgen in einer Woche ist Weihnachten...»

Weihnachten? Die Sonne brannte hernieder. Unerklärlicherweise war aus dem tiefsten Winter plötzlich Hochsommer geworden.

Dann muß ich ein halbes Jahr lang begraben gewesen sein, überlegte Sereina. Vielleicht sogar länger. Denn wenn man es sich recht überlegt – damals war die Pest erst in vier Jahren fällig, jetzt ist sie da. Die Erwachsenen haben sich wohl verrechnet. Was werden die Augen machen, wenn ich jetzt wieder auftauche...

Sereina wirbelte den Hang hinauf. Wenn irgend möglich trat sie nur auf Steine mit der altvertrauten grauen Farbe. Bald hatte sie sich die bloßen Zehen wundgestoßen, wie sie da von einem scharfkantigen Felsbrocken zum andern hüpfte. Aber alles schien ihr besser als die rote Kruste zu berühren, vor der ihr ekelte, wie es sie noch nie in ihrem Leben geekelt hatte.

Endlich erreichte sie die ersten Häuser des Dorfes, und bald stand sie vor dem Häuschen ihrer Eltern und drückte die Klinke nieder.

«Pappi, Mammi, ich bin wieder daa-haaa. Hört ihr mich, ich bin es, Sereina. Bin wieder aufgewacht, ist

das nicht prima. Wo seid ihr alle? Halloooo...»
Kein Mensch daheim. Nicht im rot-zerflossenen Kräutergarten, nicht in der Scheune. Leere, Stille überall.
Das war es, was Sereina hörte, als sie wieder zu Atem kam: die absolute Stille. Es ging nicht lange, da brüllte es Sereina in die Ohren vor lauter *nichts*.
Sie begann durchs Dorf zu rennen und schrie in die Stille hinein: «Warum verkriecht ihr euch denn vor mir? Ist es, weil ich tot gewesen bin? Aber ich bin kein Spuk, ich bin lebendig. Kommt doch, kneift mich in den Arm!» Doch sie mochte schreien, bis sie heiser war. Antwort bekam sie keine.
Da war es Sereina, als ob der Angstteufel selber ihr auf den Rücken springe. Ihr Herz begann wild zu pochen. In ihrer Kehle sammelte sich ein Schrei.
Da geschah etwas Merkwürdiges. Irgend etwas in ihr weigerte sich, einfach aufzugeben. Der Schrei blieb stecken. Sie drückte nur die Augen fest zu, um einen Augenblick lang kein Rot zu sehen. Sie ballte die Fäuste. Dann würgte sie den Schrei herunter und begann, die Augen immer noch zu, sich selber zuzureden: «Jetzt wird nicht schlapp gemacht, verstanden? Gut, es ist etwas schief gegangen. Sie sind weg. Dann wirst du eben so lange laufen, bis du sie wiederfindest. Und wenn nicht, gibt es auch noch andere Menschen. Die Welt ist groß, irgendwo wird wohl eine Rakete warten.»
Sie zwang sich, zurück ins leere Elternhaus zu gehen. Dort raffte sie Rucksack, Kleider, Zündhölzchen, Taschenmesser, Seife, Kamm und Regenschutz zusammen. Obenauf schnallte sie ihren Schlafsack. Dann steckte sie eine Landkarte sowie einen Kompaß ein, zog ihre stärkste Hose und ein Hirtenhemd an, dicke Sok-

ken und wetterfeste Bergschuhe. Dazu polterte und klapperte sie, so laut es nur ging, um die schreckliche Stille zu vertreiben.

Schließlich fehlte nur noch der Proviant. In der Küche machte sie den Vorratsschrank auf – und prallte entsetzt zurück. Rote Fäden hingen wie wehendes Spinnengewebe hinunter. Aus dem Wasserhahn floß nicht ein einziger Tropfen.

Glücklicherweise fand Sereina hinter dem Haus eine Gießkanne, die voll frischem Regenwasser stand. Sie trank, das tat gut. Blieb die Frage, wo sie etwas zu essen auftreiben sollte. Büchsenkonserven wären das Richtige gewesen, doch die gab es seit Jahren nicht mehr. Sereina erinnerte sich, daß man die früher, als sie noch klein war, im Laden kaufen konnte. Seither aber hatten die Blechfabriken auf Mondrüstung umgestellt. Kein Mensch besaß mehr Konserven.

Auf einmal kam Sereina ein Geistesblitz: der Kartoffelbehälter im Keller! Richtig, der hatte gewackelt, als sie vielleicht sechs war. Da waren Vater und sie hingegangen, und er hatte das Ding hochgestemmt, während sie als Notbein zwei Büchsen unterschob. Ob die noch da waren?

Einen Augenblick später kniete sie im Keller und spähte unter den Lattenrost. Tatsächlich, da standen die Büchsen. Ein bißchen schieben und rücken – und Sereina hielt ihren Fund in Händen. *Feinste Ravioli in Tomatensauce* stand darauf. Sereina besaß zwar keinen Büchsenöffner, aber sie hackte und stach so lange mit einem Schraubenzieher auf die Dose ein, bis ein schartiges Loch entstand und sie ihren Hunger stillen konnte. Dann hängte sie sich den Rucksack um, nahm Vaters Bergstock, um bei Bedarf auf die Pest loszuprü-

geln, und rannte los, den Berg hinunter.
Mit den kräftigen Schuhen machte es keine Mühe, von Stein zu Stein zu springen. Nach Möglichkeit vermied Sereina weiterhin das Plastikzeug am Boden. Immerhin, gefährlich schien es nicht mehr. Es sah abgestorben aus, eingetrocknet und rissig. Vor allem war es beruhigend dunkelrot. Denn das hatte Sereina inzwischen gelernt: nur bei jenem ganz bestimmten Tingeltangel-Rosa war die Krankheit noch angriffslustig.
Der Weg führte am Bach entlang. So geschah es, daß Sereina nach einer guten Stunde ihre Truhe wiederfand. Offenbar war sie weggespült worden und hier in voller Fahrt gestrandet. Sie zerrte das Möbel Zentimeter für Zentimeter an Land, bis sie es auf dem Trocknen hatte. Sereina staunte immer mehr, daß ihre Eltern einen so kostbaren Sarg hatten bezahlen können. Und wie merkwürdig, daß man so etwas Schönes für Begräbnisse verwendete. Nach ihrer Meinung paßte die Kiste eher zu einem Fest. So wie sie da inmitten der verdorbenen Landschaft stand, kam sie Sereina wie ein Juwel im Misthaufen vor.
Als sie über das Kissen strich, auf dem sie so merkwürdig lange geschlafen hatte, spürte sie etwas Hartes. Sie sah nach, und da war es eine Mundharmonika. Die hatte Köbi, der Hausierer, damals zum Abschied noch schnell hineingeschoben.
«Eine Mundharmonika, wirklich und wahrhaftig, eine Mundharmonika!» rief sie. Solange sie sich erinnern konnte, hatte sich Sereina eine Mundharmonika gewünscht. Ihre Eltern waren zu arm gewesen, ihr eine zu kaufen. Und nun war dieser alte Wunsch auf einmal erfüllt worden. Sereina kam es wie ein gutes Zeichen vor.

«Danke, Truhe», flüsterte sie und machte den Deckel vorsichtig zu. Schnell fuhr sie mit der Hand darüber zum Abschied. Dann zog sie los in Richtung Tal. Mit dem Örgelchen an den Lippen schien alles nur noch halb so schlimm. Widerstrebend verkroch sich die Todesstille.

Strandspuk

Zwei Tage ist es her, daß Dec die Würstchenbude anzündete, um einem vorbeifahrenden Schiff ein Signal zu geben. Als Stunden später in jener Nacht das Feuer in sich zusammengefallen war und nur noch wenig Glut in der Asche schwelte, hatte Dec einen sonderbaren Traum. Ihm war, als werde er gerufen: «Hu-uh... Menschjchen-jungeschj!»
Noch ganz vom Schlaf benommen murmelte Dec: «Was ist?»
«Menschj-schschjj-schenjungesssj, hüte dich vor den Pflanzzenriesj-sjen auf Holzsssstiel, die ihr Bäume nennt. Meide ihre Kolonien. Und wo üble Dämpfe deine Ss-seele bedrücken, verweile keinen weiteren Atemzzzug, ssjondern fliehe. Fliehe, bisssjs die Luft wieder rein.»
Von überall her vernahm Dec diese seltsam zischenden Stimmen, die ihn alle in der gleichen gestelzten Sprache zu warnen schienen. Und immer wieder ertönte das wispernde Echo: «...Meide ... fliehe ... bis die Luft wieder rein...»

Dec in seinem Halbschlaf lächelte. Die Stimmen gefielen ihm. Sie tönten wie ein gemütliches altes Nebelhorn, richtig nett, wenn ihnen auch jedes «S» die größte Mühe bereitete. Er drehte sich auf die Seite und lächelte immer noch, während er weiterschlief.

Als Dec am andern Morgen ausgeruht erwachte, drang im ersten Moment gar nicht zu ihm durch, was in den letzten Tagen geschehen war. Er lag einfach da und starrte auf die niedergebrannte Würstchenbude und wunderte sich, warum er im Sand am Meeresufer lag. Wie still es um ihn herum war!

Faul stützte Dec sich auf den Ellenbogen und spähte umher. Niemand da. Wo blieben sie bloß alle an so einem schönen Sommertag? Vorher waren jedenfalls Leute dagewesen. Er erinnerte sich deutlich an ihre Stimmen. Man hatte ihn gerufen. *Gerufen?*

Dec setzte sich bolzengerade auf. Aber darauf wartete er doch. Der ganze Jammer fiel ihm wieder ein: die Rote Pest, die kaputte Erde, und er allein... Hatte wirklich jemand gerufen?

Womöglich hatte er geträumt. Er wußte, im Traum konnte man sich Sachen vorgaukeln, die einem in wachem Zustand niemals geschahen. Es war eben nur Einbildung gewesen.

Sonst vielleicht, aber diesmal nicht. Das drollig mißglückte «S», das wie ein pfeifender Wasserkessel klang, lag ihm noch in den Ohren. Im übrigen hatten sie altmodischer geredet als der älteste Pottinghiller. Er hatte sie kaum verstanden. Solche Ausdrücke hätte er selber niemals erfinden können, nicht einmal im Traum, das wußte er genau.

Dec stand auf, schützte die Augen mit der Hand gegen die Sonne und spähte übers Meer. Kein Schiff. Er sah

über den Strand. Kein Mensch. Vor allem keine Fußspur. Nur eine einzige führte zu ihm hin, und die zeigte das Sohlenmuster seiner eigenen Turnschuhe. Zwar liefen noch andere Abdrücke in seine Richtung, aber das waren wohl eher Sandverwehungen.
Merkwürdig schien ihm bloß, daß plötzlich soviel Plunder herumlag, als hätte ein Sturm Strandgut angespült. Dabei war es heute nacht windstill gewesen. Er erinnerte sich genau, wie er die inzwischen verheizte Würstchenbude angetroffen hatte: windschief, halb weggesackt im hellgelben Sand. Sauber war der Strand gewesen und leer, ohne die üblichen Bonbonpapierchen und Plastikbecher, als seien noch nie Badegäste hier gewesen, und das mitten in der Saison. Jetzt sah es hier aus wie in einem Trödelladen. Jede Menge Bootsplanken, angeschwemmter Seetang, ein verrosteter Schiffsanker, zwei zerbrochene Fässer... «Mit mir geht irgendetwas schief», sagte Dec gedankenverloren zu einem Fischernetz. «Ich höre Stimmen, die es nicht gibt und übersehe Sachen, die da sind. Ich glaube, ich fange langsam an, durchzudrehen.»
Nun, das schien sogar zu stimmen. Denn vom Netz kam ein beruhigendes «Na, na!»
Voller Verblüffung starrte Dec darauf. «Ich könnte schwören, es ist von diesem Ding gekommen», flüsterte er. Aber das war ausgeschlossen. Der Sand schimmerte durch, offensichtlich befand sich niemand darunter. Er untersuchte das Netz sorgfältig. Aber es war und blieb ein absolut normales Fischernetz, das man liegen gelassen hatte und das nun von Wind und Wetter gebleicht und brüchig geworden war. Von einer Stimme konnte keine Rede sein. Da rollte Dec eine dicke Träne über die Backe.

«Ach Pappi, warum bist du so weit weg», jammerte er. «Jetzt hast du es, jetzt bin ich verrückt. Das kommt davon, daß ich so lange nichts gegessen habe. Es gibt eben nichts Eßbares mehr auf der Welt. Wenn du später hier ein paar ausgebleichte Knochen findest, dann schaue sie gut an, es sind meine.»
Er ließ sich auf den Bauch fallen, vergrub das Gesicht in der Armbeuge und malte sich das Entsetzen seines Vaters aus. Er sah die Szene vor sich und weinte, weil sie so traurig war. Vor allen Dingen aber weinte er, weil er als letzter Erdbewohner mutterseelenallein Hungers sterben mußte.
Indessen wäre Dec nicht Dec, wenn seine Geschichte hiermit wirklich ein Ende hätte. Manche Leute leben achtzig, neunzig Jahre lang, ohne ein einziges Mal etwas Wunderbares erlebt zu haben. Oder sie erfahren zwar seltsame Dinge, sehen aber das Besondere an ihnen nicht – und das ist vielleicht noch schlimmer.
Hie und da erlebt einer ein Wunderding und weiß, daß es ein Wunderding ist und freut sich daran. Das war der Fall bei Dec. Er schien merkwürdige Ereignisse geradezu anzuziehen.
Als er endlich wieder aufblickte, stand die Sonne hoch am Himmel und sandte ihre heißen Strahlen mit voller Wucht auf die Erde hinunter. Dec aber brannten sie nicht. Er fand sich angenehm kühl im Schatten eines ... Badehäuschens wieder.
Ein Badehäuschen, ausgerechnet, und erst noch ein hübsches. Die Wände waren lila-weiß gestreift, die Fenster blitzblank geputzt, die Türklinke schimmerte golden, und auf dem Dach flatterte ein Wimpel.
Dec riß die Augen auf.
«Ein Badehäuschen mit Vorhängen an den Fenstern?

Und vor allem, wo kommt es so plötzlich her? Vorhin stand es noch nicht hier, da bin ich sicher. Aus dem Boden ist es nicht gewachsen. Hätte es einer aufgestellt, so hätte ich es hören müssen. Also ist es nicht da. Und doch sehe ich es.» Dec streckte die Hand aus, fuhr über die Wand und sagte: «Ich fühle es sogar. Das muß Einbildung sein. Jetzt weiß ich, daß ich spinne.»

Als er die Wände betastete, spürte er echtes Holz. Er bewegte die Klinke, und die Tür ging auf. Innen stand ein Lattenrost an die Wand gelehnt. Dec umrundete das Bauwerk und staunte noch mehr. Seit wann wachsen am Strand Sonnenblumen? Und wozu soll ein Briefkasten gut sein, wo doch der Zweck dieser Häuschen nur darin besteht, sich mal rasch umzukleiden?

Als Dec zum zweiten Mal ins Häuschen trat, lag der Lattenrost am Boden. Darauf zeigten sich nasse Fußabdrücke. Dec überzeugte sich: Die Spuren waren wirklich naß, dabei war der Rost soeben noch knochentrocken gewesen. Also war gerade jemand vom Schwimmen zurückgekehrt. Er selber war es nicht, aber wer war es dann?

Dec glotzte das Häuschen an, das nicht da sein konnte und doch da war. Er betrachtete die Fußabdrücke, die niemand hinterlassen hatte – und die dennoch nach und nach an der Sonne trockneten.

Da sagte Dec langsam: «Ich muß verrückt sein...»

Es machte ihm nicht einmal viel aus. Dann war er eben verrückt, was kam es darauf an. Er mußte sowieso sterben. Seinen Durst hatte er mit Regenwasser aus dem einen kaputten Faß gelöscht. Der Hunger aber blieb, und zwar der echte, der den Magen um und um dreht wie ein Korkenzieher. Dec war überzeugt, es nicht viel länger ertragen zu können.

Er mußte auch nicht. Als er sich umdrehte, lag zwei Schritte weiter ein großer, flacher Stein am Boden, hochbeladen mit frischen Fischen, Muscheln und Krabben. Außerdem türmte sich allerlei kurioses Kleinzeug darauf und etwas, das das Aussehen von saftigen Früchten hatte. Zuoberst auf der ganzen Herrlichkeit thronte eine Muschel, in der ein einziges schlichtes Zweiglein lag.
Als Dec es als erstes in den Mund steckte, schmeckte es so abscheulich bitter und fühlte sich so quallig an, daß er es nur aus schierem Hunger hinunterschluckte. Einen Augenblick zögerte er, mit dem Rest zu beginnen. Wenn das nun auch ein fauler Zauber war? Aber es sah alles derart appetitlich aus und sein Hunger war so mächtig, daß er an einer Art Gurke zu knabbern begann. Die schmeckte allerdings sehr viel besser.
Da fackelte Dec nicht länger. Er verschob das Sterben auf später und machte sich an die Arbeit. Bald hing der erste Fisch über dem Feuer. Dec biß hinein ... köstlich. Er versuchte ein wenig von dem Kleinzeug – ausgezeichnet. Die Früchte – delikat. Die Krabben – samt und sonders butterzart. Verglichen mit dieser Mahlzeit nahm sich die feinste Spezialität im supervornehmen Strandhotel wie angebrannte Grütze aus.
Als Dec sich rund und voll auf dem Sand ausstreckte, den leergeputzten Tellerstein neben sich, sann er darüber nach, wieso der kleine Algenzweig am Anfang so widerlich und der Rest so lecker geschmeckt hatte. Und er hätte gar zu gerne gewußt, wer dahinter steckte. Jemand mußte die Fische hingelegt haben, während er die Badehütte untersucht hatte.
Also gab es außer ihm noch andere Überlebende der Roten Pest. Leute mit einer Nebelhornstimme und

einem Sprachfehler beim «S», die eine Konversation pflegten wie aus Urgroßvaters Zeiten. Leute, die außerdem lautlos fliegen konnten. Wie sonst hätten sie Fußspuren hinterlassen können, ohne vorher oder nachher welche in den Sand zu treten?
Dec hatte tausend Fragen. Doch dann erinnerte er sich daran, daß man über Wunderdinge besser nicht zuviel grübelte. Also formte er mit den Händen einen Trichter vor dem Mund und brüllte aus Leibeskräften über den leeren Strand: «Danke, wenn du mich hören kannst. Wer immer mich gerettet hat, danke, danke!»
Und ob ihr es glaubt oder nicht, jetzt war es der rostige Schiffsanker, der klar und deutlich ... lachte.

Autofahrstunden bei sich selbst

Mit dem vergnügten Schiffsanker war es erwiesen: Es handelte sich tatsächlich um ein Wunder. Dec fiel ein Stein vom Herzen; irgendwer oder irgendwas kümmerte sich um ihn. Er hatte einen Freund. Richtig flott, das mit dem Frühstück.
Dec sagte sich: «Wenn es so steht, ist es natürlich etwas anderes. Ich bin nicht mehr allein und habe erst noch die ganze Welt geerbt. Jetzt kann ich endlich machen, was ich will.»
Er fischte ein Stück Kreide aus der Hosentasche und schrieb auf den Schiffsanker: «Gehe in die Stad autofaren lernen. Bin zum Abendessen wider da. Darfst dich dann ruhig zeigen, ich tu dir Nichts. Dec.»

Dec war nämlich mit einen Autofimmel auf die Welt gekommen. Mit zehn Jahren wußte er über den Motor so gut Bescheid wie ein gelernter Mechaniker. Er kannte die Funktion der kleinsten Schrauben und die Vor- und Nachteile jeder Marke – aber fahren konnte er nicht. Sein Vater hatte gefunden, er sei dafür zu jung.
«Dabei ist Autofahren bestimmt kinderleicht; Kuppeln, Gas geben, Lenken, was ist schon dabei. Soll nur einer kommen und mir das Autofahren jetzt noch verbieten.» Und wirklich könnte ein König, der im Triumphzug in sein neuerworbenes Land einzieht, nicht stolzer sein als Dec, als er zu Fuß das Städtchen erreichte. Zufrieden betrachtete er sein Erbe.
«Mein Marktplatz, mein Rathaus, meine Kirche. Ist jemals einer so reich gewesen?»
Wie es sich zeigte, standen viele Autos mit steckendem Zündschlüssel am Straßenrand. Die Besitzer hatten wohl vor lauter Aufregung beim Abflug vergessen, sie abzuziehen. Als erstes nahm Dec ein altes Lieferwägelchen, um sich einzuüben. Nach wenigen Minuten klebte es an einer Hausmauer.
Darauf kam ein Personenauto an die Reihe. Das hielt immerhin eine ganze Viertelstunde, bis Dec rückwärts in ein Schaufenster fuhr. Dec sah sich um nach Nummer drei. Er fand ein elegantes Modell, ein Superding, einen Traum von einem Wagen.
Konnte er etwas dafür, daß da ein Laster im Wege stand, als er mal rassig Gas gab? Und schon lag der Schlitten auf dem Rücken. Dec kletterte auch diesmal unverletzt aus einem Fenster.
«Totalschaden», stellte er fest. «Pech kann jeder haben. He, was ist denn das? Fünf Räder?»
Mitten auf der Unterseite befand sich ein Ersatzrad.

Was hatte das an dem unsinnigen Platz zu suchen?
«Sicher so eine Superdeluxe-Idee», dachte Dec und vergaß die Sache.
Zur Abwechslung wählte er den Kastenwagen einer Spenglerei. Im Laderaum stand eine Werkzeugkiste. Das Benzin reichte nicht sehr lange, und Dec stieg aus, um nach einem Reservekanister zu suchen. Es war keiner da. Dafür eine zweite Werkzeugkiste.
«Jetzt wird's langsam unheimlich. Zuerst das überflüssige Rad in der Mitte, dann plötzlich zwei Werkzeugkisten, wo vorher nur eine war. Und dann der Spuk heute morgen am Strand – was ist denn los?»
Dec nahm den zweiten Kasten genauer in Augenschein. Er sah dem ersten zum Verwechseln ähnlich, hatte aber eine andere Schließvorrichtung. Das Schloß schimmerte golden und hatte die Form eines merkwürdig geschwungenen Dreiecks. Dec stutzte. Irgendwann war er dieser Form heute schon begegnet. Die Türklinke des Badehäuschens.
Als Dec die neue Werkzeugkiste anfaßte, zuckte er zurück. Das Material fühlte sich warm und irgendwie nachgiebig an, wie ein lebendiger Körper.
«Wenn ich nicht mit eigenen Augen sähe, daß sie aus Holz besteht, würde ich schwören, sie sei aus Fleisch und Blut», meinte er verblüfft. Aber ob weich oder hart, ihm konnte das schließlich egal sein. Da er keinen Benzinkanister fand, ließ Dec den Spenglerwagen stehen und sah sich nach einem neuen Fahrzeug um.
Übrigens hatte er wieder Hunger. «Mein neuer Freund hat sich nicht blicken lassen. Der ist bestimmt auf Fischfang gegangen und wartet nun mit einer neuen Lieferung. Am besten gehe ich zum Strand zurück», überlegte sich Dec.

Da er nun ausgelernt hatte und die Fahrkunst spielend beherrschte (drei Unterrichtsstunden bei sich selbst hatten vollkommen ausgereicht), holte er sich ein offenes Sportauto mit viel Chrom und Lack und weißen Lederpolstern aus einer Großgarage. Über dem Beifahrersitz hing lässig hingeworfen ein Regenmantel.

Hätte Dec mehr Interesse für Kleider gehabt, so wäre ihm der merkwürdige Schnitt sofort aufgefallen. Der Gürtel war oben beim Hals zugeschnallt. Dafür lief der Kragen senkrecht den Knopflöchern entlang. Die Ärmel waren zugenäht und fingen überdies bei den Taschen an. Überhaupt gab es viel zu viele Taschen, und das in allen Formen und Größen. Die einen hatten einen Reißverschluß, die anderen waren mit Knöpfen, Haken oder Häftchen und eine sogar mit einer Wäscheklammer versehen. Doch Dec hatte kein Auge für Kleider. Ihm fiel nur die goldene Brosche auf, die ganz unten am Saum hing. Das elegant geschwungene Dreieck, schon wieder. Dec dachte nicht lange darüber nach; ihn interessierte viel mehr, ob es wohl Hering oder gar Crevetten zum Nachtessen gab.

Er fuhr los und nahm nicht den üblichen kurzen Weg zum Strand, sondern entschied sich für eine andere Strecke, die in einer großen Schlaufe über das Inland zum Meeresufer führte. Er war schon eine Weile unterwegs, als bei einer scharfen Kurve der Regenmantel zu ihm hinüberrutschte. Automatisch gab Dec ihm einen Schubs, um ihn auf den Nebensitz zurückzubefördern. Bei dieser Berührung erschrak er so gewaltig, daß er um ein Haar wieder einen Unfall gebaut hätte. Das Ding bewegte sich unter seinen Fingern, Dec spürte es ganz genau. Und es fühlte sich ebenso warm und lebendig an wie vorhin die Werkzeugkiste.

Als der wild hin- und herkurvende Wagen endlich zum Stillstand kam, lag das Kleidungsstück wieder unbeweglich da. Dec schaute es streng an und sagte: «Sag mal, bist du jetzt verrückt oder bin ich's?» Der Regenmantel schwieg.

Tief in Gedanken fuhr Dec weiter und achtete kaum auf den Weg. Ehe er sich's versah, befand er sich unter dem, was einst Bäume gewesen waren. Bäume aber weichen nicht von der Stelle, wenn ein Auto auf sie zurast. Plötzlich gellte neben ihm eine Stimme mit ausgesprochenem Nebelhornakzent: «Vorschjlicht, du Idiot!»

Dec schaute unwillkürlich in die Richtung der Stimme, ein sekundenschneller Blick, aber bei dem Tempo reichte es. Als er wieder nach vorne schaute, hielt er direkt auf eine Baumleiche zu. Bevor er wußte, was er tat, wirbelten seine Hände das Steuerrad schon herum und wieder zurück. Der Schlitten geriet bei dieser Gegenreaktion noch mehr ins Schleudern, und Dec sah sich nun erst recht auf einen Baum zu rasen. Einen großen Baum. Einen riesigen Baum, der noch schäumte.

Fliegende Vögel

Sereina spielte unentwegt auf ihrer Mundharmonika, während sie der Talsohle entgegen marschierte. Sie lernte bald, auf ihre Nase zu achten. Nicht nur an der Rottönung ließ sich feststellen, wo die

Pest noch lebendig war, man roch sie auch. Am Boden schien sie überall abgestorben zu sein, aber hie und da war sie in den Bäumen noch aktiv.

Nach einer Weile erreichte Sereina einen Aussichtspunkt, den sie besonders mochte. Oft genug hatte sie hier gestanden und die weite, fruchtbare Ebene unten im Tal bewundert. Sie hatte sich nicht satt sehen können an den grünen Äckern und goldenen Kornfeldern, den verstreuten Dörfern, dem Wald und dem Fluß. Nun beugte sich Sereina über das Geländer, um den kürzesten Weg zur nächsten gesunden Gegend herauszufinden. Denn die Ebene war mindestens zehn Kilometer breit und bestimmt nicht überall von der Pest befallen – meinte Sereina. Doch genau das war der Fall. Bis in die letzten Winkel war alles mit straffer Pestglasur bedeckt. Nur vereinzelte Häuser und das Gaswerk ragten daraus hervor, ab und zu einige Felsen. Das graue Band der Straße wand sich in seinen altbekannten Schleifen, doch fehlten die farbigen Kleckse der Autos. Dafür entdeckte Sereina Bäume mit Schaumkronen. Von oben gesehen glichen sie nassen Fliegenpilzen.

Einzig die Sonne schien, wie wenn nichts geschehen wäre. Sereina wußte nicht, daß sich die Pestschicht über die ganze Erde erstreckte. Sie sah nur, daß die Pest selbst die fernen Berge erreicht hatte. Dort erschien das ehemals zarte Blau in düsteres Violett und Schwarz verwandelt. Aber wenigstens konnte sie zwischen den Gipfeln den Horizont sehen, das machte die Sache erträglich.

Sereina glaubte an den Horizont. Der Lieblingsspruch ihres Großvaters war gewesen: «Hinter dem Horizont ist alles besser.» Sereina nahm es buchstäblich. Wenn der Großvater es sagte, dann war es so. Also sagte sie sich jetzt: «Hinter dem Horizont ist alles besser, das weiß ich. Ich brauche bloß hinzugehen, um wieder Menschen zu finden.»

Sereina dachte mit Schrecken an die lange Wanderung, die ihr bevorstand. Sie seufzte. Dann strich sie sich mit einer energischen Bewegung die Haare aus dem Gesicht, schüttelte den Rucksack zurecht, kehrte der Aussicht den Rücken und marschierte weiter.

Als es auf ihrem Pfad wieder einmal zu gefährlich wurde, war sie gezwungen, eine Abzweigung einzuschlagen. Sie wollte später in einem Bogen zurück zum Hauptweg, aber sie verlief sich im unwegsamen Gelände und verlor die Orientierung. Als es dunkelte, hatte sie den Anschluß noch nicht wiedergefunden. Sie suchte Schutz unter einem großen Stein, rollte sich in den Schlafsack und verbrachte die Nacht im Freien.

Am andern Morgen war sie beim ersten Sonnenstrahl auf und suchte weiter ihren Pfad. Gerade als sie daran zu zweifeln begann, daß sie je wieder aus dieser roten Wildnis herauskommen würde – da sah sie es. Das Unglaubliche, Unmögliche, Wunderbare: Sie sah Vögel. Fliegende Vögel.

Sereina blieb stehen, schloß die Augen, zählte bis drei und schaute wieder hin. Die Vögel waren noch immer da. Recht große sogar. Bei jenem schroffen Felsen links oben schienen sie immer dieselbe Stelle zu umkreisen. Sie mußten dort Futter finden. Also gab es eine pestfreie Stelle... Vielleicht sogar ein bewohntes Dorf?

Die Steinlawine als Lebensretter

Hätte Sereina fliegen können, sie wäre in ein paar Minuten bei der Felskuppe mit den Vögeln gewesen, denn in Luftlinie war die Entfernung nicht groß. Doch sie mußte zu Fuß gehen, und ehe sie sich's versah, stand sie vor einem Wald. Besser gesagt, vor einer Mauer aus roten Baumleichen. Bei den meisten war die Seuche erloschen, bei einigen im letzten Stadium; hie und da aber knisterte noch deutlich die Pest. Als der Wind ihren Gestank herüberwehte, wurde Sereina übel.

Vielleicht hätte sie den Wald umgehen können, wenn sie vorhin besser aufgepaßt hätte. Aber sie wollte um keinen Preis die Richtung nochmals verfehlen, und so blieb ihr keine andere Wahl. Sereina holte tief Atem, kniff sich die Nase zu – und tauchte hinein.

Uch ... wie unsagbar widerwärtig war dieser Pestgeruch! Sereina mußte sich zusammenreißen, um nicht Hals über Kopf wieder hinaus zu flüchten. Der Pestschaum lag so hoch am Boden, daß die Baumstämme in einem Meer von Zuckerwatte zu waten schienen.

Bei jedem Schritt prügelte Sereina mit ihrem Stock darauf los und mußte das Zeug regelrecht auseinanderreißen, um sich einen Weg zu bahnen. Dabei hielt sie sich möglichst an die kleinen Bäume, denn sie hatte gemerkt, daß nur die Größeren noch gefährlich waren. Trotzdem war das Gestocher im knietiefen Schaum riskant. Was wäre, wenn sie auf eine feuchte Stelle stieße?

Wild um sich schlagend, krank vor Ekel kämpfte Sereina sich durch den verpesteten Wald. Sie meinte schon, er nähme nie ein Ende, als sie plötzlich wieder Tageshelle sah. Sie war durch. Halberstickt torkelte sie ins Freie, atmete ein paar Mal tief durch, und als sie um sich blickte, stand der Felsen unmittelbar vor ihr.

Die Vögel waren ebenfalls da. Kaum erspähten sie Sereina, kamen sie herbeigeflogen und kreisten über ihrem Kopf. Sie scherten auf Augenhöhe an ihr vorbei, als hätten sie noch nie einen Menschen gesehen. Einige landeten neben Sereina und watschelten unter lautem Geschrei auf sie zu.

«Aber das sind ja Gänse», rief Sereina überrascht. «Guten Tag, meine Lieben. Seid ihr aber schön. Nur, was ist mit eurer Farbe los? Warum seid ihr grau?»

Sereina kannte nur die weiße Art, wie man sie in ihrer Gegend auf den Bauernhöfen hielt. Diese hier aber waren wilde Graugänse aus dem hohen Norden. Vor drei Jahren waren sie auf der Flucht vor der Pest hier notgelandet und dann geblieben, weil es sonst nirgends mehr etwas zu futtern gab.

Sereina fiel auf, wie gesund und wohlgenährt sie aussahen. Sie meinte, daß Leute, die so gut für ihre Tiere sorgten, wohl auch ihr ein Plätzchen am Tisch gönnen würden. Schon wollte sie voller Erwartung zum Fels hinüberlaufen, hinter dem das Dorf vermutlich lag, als sie enttäuscht wurde. Zwischen dem Waldrand und dem Gestein gähnte eine Schlucht. Nur zehn Schritte trennten sie vom Ziel. Aber es war so unerreichbar, wie wenn es zehn Länder gewesen wären.

Sereina setzte sich auf das schmale Bord zwischen Wald und Abgrund und schaute hinüber. Die Abendsonne verlieh dem blanken Fels einen warmen Goldton. Er schien heitere Geborgenheit auszustrahlen. Sereina kam sich verloren vor auf ihrem pestverseuchten Platz.

Wie sehr sehnte sie sich danach, auf der anderen Seite zu sein.
Da schob sich eine Wolke vor die Sonne. Der warme Goldton gegenüber erlosch, und Sereina erkannte, daß die Felskuppe in Wirklichkeit unbesteigbar war. Nackt und kahl, gerundet wie ein Kieselstein bot sie so wenig Halt wie ein Ei.
Sie mußte also auf einem Umweg zu jenem Dorf gelangen. Die Frage war nur, wie. Unmittelbar hinter ihr begann der kranke Wald. Auf keinen Fall ging sie da ein zweites Mal hindurch. Dann lieber in die Schlucht hinunter, mochte die auch noch so gefährlich sein.
Sie legte sich platt auf den Boden und schaute über den Rand. Es war unmöglich für Sereina, bei der beginnenden Dämmerung die Tiefe abzuschätzen. Auch die Beschaffenheit der Wand war nicht zu erkennen. Wenn sie ebenso rutschbahnglatt war wie der Fels gegenüber, würde sie abstürzen.
Sereina schaute zurück zu den gräßlichen Bäumen, die ihre geschwollenen Äste nach ihr ausstreckten und stellte sich vor, sie müßte zwischen ihnen und dem Abgrund die Nacht verbringen. Sie schauderte: «Ich sollte unbedingt bis morgen warten, ich weiß. Aber ich kann nicht.»
Sie nahm den Rucksack und warf ihn über den Rand, den Prügelstock hintendrein. Vernahm sie den Aufprall nicht, weil es so tief hinunterging? Sereina umarmte die Gans, die neben ihr stand, drückte den Kopf in ihr Gefieder und murmelte: «Danke für die Einladung. Ich komme, sobald ich kann. Wünsche mir alles Gute.»
Dann schlängelte sie sich rückwärts bis über den Rand, angelte mit dem Fuß nach einem Halt – und begann den Abstieg.

Der Hang erwies sich als schlüpfrig. Bald dachte Sereina: «Ich Trottel, was habe ich angefangen. Das ist ja Wahnsinn, so ohne Seil. Ich werde fallen, ich werde ganz sicher fallen. Oh, wäre ich doch oben geblieben!» Aber jetzt konnte sie nicht mehr zurück.

Sie begann sich selber zu kommandieren: «Ruhig. Ganz ruhig bleiben. Nicht hinunterschauen! So, jetzt die Hand, den Fuß... Reg dich ab, das war nur ein Steinchen, das fiel. Jetzt den anderen Fuß... Mach keine Zicken, hast Platz genug...» Und da klebte sie nun wie eine Fliege an der Wand.

Ein Stadtkind hätte keine Chance gehabt. Aber Sereina war in den Bergen aufgewachsen und konnte klettern wie eine Ziege. Sie gönnte sich nur dann eine Pause, wenn die Müdigkeit ihre Arme zittern ließ oder sie den Krampf in den Beinen hatte. Aber ob sie ruhte oder kletterte, sie zwang sich zu voller Konzentration auf jeden Griff und jede Stütze.

Sereina brachte es fertig. Irgendwann in der Nacht kam der Moment, wo ihr Fuß nicht mehr ins Leere tastete und sie festen Boden spürte. Sie hatte es geschafft.

Erst jetzt kam ihr zu Bewußtsein, daß es schon lange stockdunkel war. Sie hatte sich nur auf ihr Gefühl verlassen und gar nicht auf das Licht geachtet. Erschöpft ließ Sereina sich fallen und schlief auf der Stelle ein.

Als sie anderntags gegen Mittag aufwachte, hingen Stock und Rucksack ganz in der Nähe in einem zerflossenen Gestrüpp. Als sie im Rucksack nachsah, war auch wirklich noch alles heil und ganz. Nur die Ravioli aus der zweiten Büchse, die schon geöffnet gewesen war, mußte sie überall zusammenkratzen.

Sie aß, was ihr geblieben war, stillte ihren Durst an einer harmlos aussehenden Pfütze und begann zu überlegen, wie es nun weitergehen sollte. Wenn sie den Kopf in den Nacken legte, sah sie hoch oben die Wildgänse, die ihre Runden drehten. Von hier aus aber schien der Berg erst recht unüberwindlich. Kein Einschnitt ließ sich erkennen, kein Weg, der zum Dorf der Gänse hinter der Kuppe führte. Es blieb ihr nichts anderes übrig, als um den Berg herumzugehen, bis sich eine Möglichkeit zur Besteigung fand.

So wanderte Sereina die tiefe Schlucht entlang und fand sie eng und finster. Wahrscheinlich war es hier unten ebenso rot verpestet wie anderswo, doch konnte sie im Schatten keine Farben unterscheiden. Alles war dunkelgrau und schwarz. Bei dieser Wanderung erwies sich die Mundharmonika als Trost. Sereina spielte sich die lustigsten Melodien vor, die sie kannte – und schon verlor die Schlucht ihre Düsterkeit, und die Zukunft barg wieder Hoffnung.

Als Sereina endlich aus der Schlucht und wieder ins Sonnenlicht trat, schüttelte sie sich vor Wohlbehagen. Vor ihr lag die große Ebene, die sie vom Aussichtspunkt aus gesehen hatte. Hinter ihr ragte der letzte Ausläufer des mächtigen Gänseberges in die Höhe. Ein kompakter Steinklumpen.

«Irgendeinen Durchstich finde ich bestimmt, und wenn ich dich umrunden muß. Fettsack!» fuhr sie ihn an. Doch das Umrunden zog sich in die Länge. Sereina begann sich Sorgen zu machen. Sie hatte nichts mehr zu essen. Die Gänse waren längst aus ihrem Blickfeld verschwunden. Als der Abend kam, wanderte sie noch immer am Fuß des Berges entlang. Hungrig legte sie sich schließlich schlafen.

Am anderen Morgen, siehe da, fand sie schon nach einer Viertelstunde eine vielversprechende Spur: einen Trampelpfad, der den Steilhang entlang in die Höhe führte. Fröhlich hüpfte Sereina hinauf und stieg und stieg. Alle paar Augenblicke suchte sie den Himmel ab. Wo blieben wohl die Gänse? War sie überhaupt auf dem rechten Weg? Es war nämlich eine Felskuppe in Sicht gekommen, die Sereina nicht erkannte. Je höher sie stieg, desto größer wurden ihre Zweifel.

Sie ging recht mutlos weiter, als sie auf einmal ein Flattern vernahm. Eine Gans setzte direkt vor ihren Füßen auf. Sereina kniete hin und nahm den Vogel in die Arme: «Oh Gänschen, liebes, gutes Tier. Wie froh bin ich, dich zu sehen.» Dann ließ sie sie los und schmeichelte: «Sei so gut, zeige mir den Weg zu deinen Leuten. Den ganzen Tag habe ich nichts gegessen. Ich falle um vor Hunger.»

Die Gans schaute sie mit einem Knopfauge an, watschelte ein Stückchen vor ihr her, flatterte um die Ecke – und war verschwunden. Sereina wollte ihr folgen, aber es ging nicht. Der Weg war zu Ende. Geröll bedeckte den Pfad und hinderte sie am Weitergehen. Sereina hatte eine Steinlawine vor sich.

Ein Blick in die Tiefe genügte. «Die muß man nur antippen, und sie rutscht weiter bis ins Tal hinunter. Etwa tausend Meter, schätze ich.»

Da hatte sie sich tagelang abgeplagt, sich verbissen durch die schwierigsten Situationen hindurchgekämpft – und jetzt, wo sie ihr Ziel fast erreicht hatte, mußte ihr diese blöde Lawine ausgerechnet den Weg versperren.

Gegen eine solche Übermacht konnte Sereina es nicht mehr aufnehmen. Alles Durchhalten, alle Entbehrungen umsonst. Aus und vorbei.

Sereina schaute an der Felswand hoch und rief: «Oh Berg, wie bist du doch gemein!»
Sie tat ihm unrecht. Sereina wußte nicht, daß der Berg ihr mit dieser Lawine das Leben gerettet hatte.

Das grüne Tal

Sereina setzte sich hin und tat das, was sie während dieser Reise immer getan hatte, wenn die Situation brenzlig wurde. Sie holte ihre Mundharmonika hervor und begann eine Melodie zu spielen.
Mit viel Geschnatter und Gegacker kamen vierzehn Gänse herbeigeflogen und scharten sich um Sereina, das reinste Empfangskomitee. Die Musik schien ihnen zu gefallen. Sereina kam ganz schön in Fahrt.
Plötzlich vermischte sich ein neuer Laut mit ihrer Musik. Von der anderen Seite der Geröllhalde schrie es «I-ah ... I-ah ...» Kein Zweifel, das war ein Esel. Ein Esel, den die Musik ebenfalls bis ins Innerste rührte. «I-aaah!» sang er mit, «IIIaaaaaaaaa». Sereina hielt inne. Hufgetrappel ertönte, und oben auf dem Schutthaufen erschien der Kopf des Tieres.
Also dort lag das Dorf, hinter der Lawine. Die Frage war nur, wie sie dieses lose Geröll überqueren sollte. Vielleicht könnte sie...
«Achtung, bleib stehen!» schrie Sereina plötzlich. Der Esel machte Anstalten, zu ihr herunterzukommen. Unbeirrt stieg er zum äußersten Rand...
«Laß das!» kreischte Sereina. Sie erkannte die Gefahr.

Doch der Esel hob bereits ein Bein, um über den Rand zu klettern. Ohne nachzudenken, sprang Sereina auf, um ihn zu retten. Und bevor sie es merkte, befand sie sich schon halbwegs im tückischen Abhang.

In diesem Augenblick spürte sie, wie der Boden unter ihren Füßen ins Rutschen kam. Mit unwiderstehlicher Gewalt schob sich die Masse quer über den Weg in die Tiefe. Sereinas einzige Chance bestand darin, rascher nach oben zu gelangen, als der Boden absackte. So machen es die Kinder, die im Warenhaus auf der abwärtsfahrenden Rolltreppe nach oben zu rennen versuchen. Sereina aber hatte scharfkantige Steine unter den Füßen und nicht den geringsten Halt. Jedesmal, wenn sie fiel, geriet sie ein Stück weit zurück. Außerdem lief sie Gefahr, von Steinen erschlagen zu werden, die sich aus der Hauptmasse gelöst hatten.

Ein paar Mal schien es, als ob sie den Kampf verlieren und in die Tiefe gerissen würde. Doch irgendwie erreichte Sereina schließlich die obere Kante und knapp auch ein Bein des Esels, an dem sie sich festklammerte, so daß das erschrockene Tier mit einem Satz zurückwich. Sie ließ nicht locker, wurde über den Rand geschleift – und war gerettet.

Völlig ausgepumpt und zerkratzt blieb sie mit dem Gesicht nach unten liegen – blieb liegen auf festem Boden. Neben ihr fuhr mit Donnergetöse die Steinlawine zu Tal. Sie wurde immer schneller, immer größer. Die Erde erzitterte unter der Gewalt dieses Naturereignisses. Es polterte, krachte, dröhnte. Kleinere Steine pfiffen durch die Luft, die voller Staub hing. Felsen barsten, Erdmassen schoben sich dumpf vorbei, während die darin eingeschlossenen Baumreste auseinandergerissen wurden mit dem seltsam platzenden Ge-

räusch von allzu straff gespanntem Leder.
Als der Berg sich ausgetobt hatte und nichts mehr herunterkam, stand Sereina auf und ging nachschauen, was die Lawine angerichtet hatte. Dort, wo sie soeben noch Mundharmonika gespielt hatte, war ein großes Loch im Berg. Auch fehlte ein großer Teil des Bergpfades, wo er zum Tal hinunterführte. Bergaufwärts aber war der Pfad frei. Da nun die Lawine aus dem Weg war, ließ er sich ganz einfach erreichen. Jetzt wollte Sereina endlich das Dorf aufsuchen, das zu erreichen sie so große Mühe gekostet hatte.
In diesem Augenblick verspürte sie einen warmen Atem im Nacken. Sie wirbelte herum – da stand der Esel. Und hinter ihm der vollständige Gänseverein. Sie waren all die Zeit bei ihr geblieben.
Und dann erblickte sie das Land hinter dem Rücken des Esels. Ein eingeschlossenes kleines Tal – und das war grün. Herrlich saftig normales Grün. Das einzige Rot darin waren Blumen.

Der unheimliche Regenmantel

Unterdessen hatte Dec mitten im verpesteten Wald die Kontrolle über das Steuer verloren und war direkt auf einen verpesteten Baum zugerast. Nach dem Aufprall fand er sich hoch oben in den Ästen des Unfallbaums wieder. Das zähe Rotzeug hatte ihn federnd aufgefangen. Der erste Schrecken war bald vorüber, aber dann wurde ihm übel, weil er wie mit

feuchten, stinkenden Fingern abgetastet wurde. Angewidert pflückte Dec sich die Fäden aus Haar und Gesicht.
Als er sich einigermaßen davon befreit hatte, beugte er sich herunter, um nachzusehen, wie es mit dem Auto stand. Das war zuviel für das Baumgerippe. Es fiel um, als wäre es ein Kartonrohr – und Dec saß wieder auf seinem alten Platz im Auto.
Als er aber sah, was auf dem Beifahrersitz lag...
Dec sprang mit einem Satz wieder zum Wagen hinaus. Mit dem Autounfall war er fertiggeworden, aber dies brachte ihn in Panik. Der Regenmantel war verschwunden. Allerdings nur zum Teil. Ein Ärmel und einige Taschen waren noch vorhanden, der Rest aber hatte sich in ein Ungeheuer verwandelt. Es machte ganz den Anschein, als sei es just aus diesem Regenmantel entsprossen.
Das Tier, oder was es nun sein sollte, mußte beim Aufprall nach vorne geflogen sein und sich den Kopf angeschlagen haben. Es lag bewegungslos da und hatte offensichtlich das Bewußtsein verloren.
Dec vergaß seine Angst. Was war denn das für ein Wesen? Es war ungefähr so groß wie er selber, doch von ganz anderer Beschaffenheit. Das Fell schimmerte blaugrün, hatte Schuppen wie ein Fisch; die Tatzen waren ein Mittelding zwischen den Pranken eines Löwen und Elefantenfüßen. Es hatte etwas von einer Kaulquappe, einem Salamander, einem vorhistorischen Brontosaurier – aber auch von Lebewesen unserer Zeit. Man hätte meinen können, es sei aus sämtlichen Tierarten zusammengestoppelt. Sein Körper war stämmig und ging hinten in einen mächtigen Echsenschwanz über, der gefährlich aussah. Seine äußerste

Spitze kam Dec bekannt vor: Sie bestand aus jenem elegant geschwungenen Golddreieck, das ihm heute auf Schritt und Tritt begegnet war.

Das Gesicht aber war das Gesicht eines Menschen. Zottiges Haar hing ihm wirr in die Stirn – eine hohe Stirn, die gut zu dem feingeformten Schädel paßte.

Ein Wesen aus der Urzeit, durchfuhr es Dec. Eine unbekannte Art mit einem hochintelligenten Menschenkopf.

Merkwürdigerweise konnte er nicht sagen, ob das Wesen ihm scheußlich oder sehr schön vorkam. Irgendwie spielte das auch keine Rolle. Denn als es bald darauf seufzte und seine Augen aufschlug, traf Dec ein Blick von entwaffnender Sanftmut und von so durchdringendem Verstand, daß er ganz verlegen wurde. So edle Züge wie in diesem Gesicht hatte er noch nie gesehen.

«Beuteltaschljje», flüsterte das Wesen.

«Wie bitte?»

«Beuteltaschljje ... Schalbe ... Gehirnklappe rechtschljj ... Region Formveränderung, verletzscht...» Mit schmerzverzogenem Gesicht fiel es aufs neue in Ohnmacht.

Dec stieg ein und schaute nach. Tatsächlich fand er eine Beuteltasche, wie bei einem Känguruh, und darin eine verschlossene Meermuschel mit perlig schimmernder Salbe.

«Gut, das hätten wir», murmelte er. «Aber wo sitzt die Gehirnklappe rechts? Hier vorne bei der Beule, denke ich. Sieht tatsächlich aus, als hätte er sich da angeschlagen.»

Er rieb die wunde Stelle mit der Salbe ein und gab acht, dies so sanft wie möglich zu tun.

«Armer Kerl», sagte er, während er ihn bequem auf

den Sitz bettete. «Alles meine Schuld. Aber wie hätte ich auch wissen sollen...»

Er vergaß weiterzusprechen. Mit dem Rest des Regenmantels geschah etwas Merkwürdiges. Ärmel und Taschen begannen zu zerfließen und formten sich zögernd zu dem noch fehlenden Fuß. Im gleichen Augenblick schlug das Wesen die Augen auf. Es schien ihm schon viel besser zu gehen. Es lächelte sogar ein wenig, als es sagte: «Wetten, das hast du nicht gedacht?»

«Was?»

«Daß ich eigentlich ein Mumpelsaurierfischsalamanderdackelkaulquappkänguruhlöwenpferdaffenmenschendrache bin?»

«Oh, eh ... nein, ich meinte, du seist ein Regenmantel.»

Dies schien den erstaunlichen Fahrgast zu freuen: «Gut, nicht? So ein Ding wehte mal vor Jahren von einem eurer Schiffe herunter. Das nahm ich vorhin als Muster. Aber ich war mir nicht ganz sicher in der Konstruktion. Glaubst du, ich hätte noch gepaßt?»

«Schon möglich.» Das war ein Irrtum, doch Dec hatte nun einmal kein Auge für Kleider. Dafür erkannte er ein freundliches Herz, ob es nun hinter einer Menschenhaut oder einem Echsenpanzer klopfte.

«Du kannst das ‹S› auf einmal ganz gut aussprechen», stellte Dec fest.

«Weil ich jetzt meine richtige Gestalt besitze. Aber in der Verwandlung haben wir damit Mühe.»

«Weshalb denn verwandeln? Warum bist du nicht einfach zu mir gekommen und hast gesagt: Tag, Dec, ich bin ein Mumpeldrache ... wie war der ganze Name?»

«Nenne mich ruhig Mumpeldrache, wenn dir das bequemer ist. Tatsächlich fließt auch heute noch etwas Drachenblut in unseren Adern, allerdings nebst dem vieler andern Arten. – Also, was hätte ich deiner Meinung nach sagen sollen?»

«Nun, dich vorstellen, wie du wirklich bist. Das Theater mit dem Regenmantel war gar nicht nötig.»

«Und ob das nötig ist. Ich war auch die Werkzeugkiste und das Reserverad und sonst ein paar Dinge, die du gar nicht bemerkt hast. Als meine Schwester dir heute morgen die Fische brachte...»

«Ach, das warst nicht du?»

Der andere schüttelte die zottige Mähne: «Und mein Vater hat dich heute nacht vor den tropfenden Bäumen gewarnt. Wir alle übrigens. Du hast inmitten meiner ganzen Familie geschlafen.»

«Jetzt schummelst du. Es war niemand da.»

«Glaubst du? Und die Fischernetze, die herumlagen? Erinnerst du dich an das Treibholz, den verrosteten Anker, die Fässer und das umgedrehte Ruderboot? Das waren wir, mein Lieber.»

«Was du nicht sagst!» rief Dec. «Wer war denn die Badehütte?»

«Meine Mutter. Die fürchtete, du kriegst sonst einen Sonnenbrand.»

«Und die Fußabdrücke?»

«Die hat sie mit einem Mundvoll Wasser schnell hingespritzt. Sozusagen als künstlerische Beigabe, um der Sache den letzten Pfiff zu geben.»

Dec grinste. «Seid ihr aber komische Leute. Hab gar nicht gewußt, daß es euch gibt.»

«Das will ich hoffen. Wir zeigen uns nie einem Menschen.»

«Aber das machst du ja jetzt gerade.»

«Das ist etwas anderes. Ich habe noch Kopfweh, so daß mir die Formveränderung im Augenblick Mühe macht. Aber mit der Salbe wird sich das bald geben. In was soll ich mich denn verwandeln, vielleicht in einen Reisekoffer?»

«Bleib doch, wie du bist», schlug Dec vor.

«Unmöglich, so darfst du mich nicht sehen.»

«Habe ich doch schon.»

«Auch wieder wahr.» Und dabei schaute er Dec erschrocken an.

«Mach dir nichts draus», tröstete Dec. «Dein Geheimnis behalte ich für mich, Ehrenwort. Ich könnte es sowieso nicht weitererzählen, denn ich bin der einzige, der hier noch übrig ist. Ich bin der letzte Mensch.»

Das schien seinen Gesprächspartner keineswegs zu beruhigen. Er versank in brütendes Schweigen, das ab und zu von einem Seufzer unterbrochen wurde.

«Ausgeschlossen», murmelte er schließlich. «Wie man es auch dreht, es geht nicht. Wir können keine Freunde sein ...»

«Hast du etwas von Freundschaft gesagt?» fragte Dec eifrig.

Der andere schaute auf. «Vergiß den Unsinn. Mumpels und Menschen vertragen sich nicht. Zwischen uns geht es immer schief, bis zum Mord und Totschlag in früheren Zeiten. Ruhe haben wir erst, seit wir uns vor euch verstecken. Wie kann man da an Freundschaft denken.»

«Klar kann man», widersprach Dec.

«Du hältst dich nicht an die Spielregeln. Du solltest bei meinem Anblick vor Angst in die Hose machen, kreischend davon rennen und 'Gräßlicher Lindwurm' schreien. Was ist los mit dir? Bist du nicht normal?»

Als Antwort streichelte Dec die plumpe Tatze. «Ich finde dich nett», sagte er.
Da schoß eine Stichflamme aus dem Mund des Mumpels und zerschmolz die Windschutzscheibe, als bestehe sie aus Eis.
«Jetzt hast du Angst, was?»
Aber Dec lachte bloß: «Du hast ja nicht auf mich gezielt.»
Der andere stieg aus und bedeutete Dec, das gleiche zu tun. Kaum standen sie draußen, da versetzte er dem Autowrack einen einzigen Schlag. Und sogleich war es kein Autowrack mehr, sondern ein verbeultes Häufchen Blech inmitten von zertrümmerten Polstersitzen, Motorteilen und Glasscherben.
«Nun kommen dir doch Bedenken?» fragte er.
Dec aber begann die Sache Spaß zu machen. «Erst wenn du mich zerdepperst», meinte er unbekümmert.
«Sag endlich, wollen wir Freunde sein?»
Da zog ein tiefes Rot über die Gesichtszüge des andern, und Dec erkannte, daß es ein Erröten aus Freude war. Plötzlich begann der Mumpel zu lachen. Die Freude orgelte in vollem Brustton aus ihm hervor. Das tönte so vergnügt und menschlich, daß Dec vergaß, daß er einen verrückten Mischmasch mit einem Schuß Drachenblut in den Adern vor sich hatte.
Er hörte das Lachen von seinem Vater heraus, von Peggy und Simon, von seinen Freunden. Das Lachen der Sonne lag darin und das unbeschwerte Plätschern vom Brunnen auf dem Marktplatz, das Strahlen eines Frühlingstages voller Vogelsang und die farbenfrohe Heiterkeit eines Blumengartens. Es war eine Art Urlachen, das alle Fröhlichkeit enthielt, die Dec je gespürt hatte. Nie hatte er etwas so Beglückendes gehört.

«Also, was ist jetzt?» beharrte Dec, «werden wir Freunde oder nicht?»

«Gehen wir erst mal aus diesem Pestzeug raus», wich der Mumpel aus.

Dec schaute um sich. Er hatte gar nicht mehr auf seine Umgebung geachtet. Jetzt kam es ihm wieder hoch vom süßwiderlichen Pestgeruch, als er die Zerstörung um sich herum sah. Als sie aus dem Wald hinausgingen, hielt er sich ganz dicht an den grünen Schuppenleib und wagte fast nicht zu atmen, bis sie die letzten Bäume hinter sich hatten. Dann sagte er erleichtert: «Du machst mir keine Angst. Aber das da.»

«Ganz unnötig.»

«Wieso? Dein Vater hat mich doch ausdrücklich vor solchen Bäumen gewarnt.»

«Ja. Aber meine Mutter meinte, Buben wie du hörten doch nicht auf einen guten Rat. Da ist sie noch einmal hinausgeschwommen und hat ein Zweiglein Carolambosara-Algen geholt. Du hast es heute morgen doch gegessen, will ich hoffen?»

«Meinst du das komische Kraut in der Muschel? Hab ich. Widerliches Zeug.»

«Aber es wirkt. Jetzt bist du immun für dein ganzes Leben.»

«Ach, deswegen hat mir die Pest nichts gemacht», rief Dec aus. «Du hast es nicht mitbekommen, weil du ohnmächtig warst, aber mir krochen vorhin nasse Schleimfäden wie Würmer übers Gesicht, richtig widerwärtig. Meinst du, ich wäre ohne das Kräutlein krank geworden?»

Der Mumpel bedachte ihn mit einem sehr merkwürdigen Blick. «Du wärst innert einer Minute verschäumt.»

Aber als dann Dec, blaß geworden, zu danken begann,

wehrte er ab: «Laß nur. Wir freuen uns, wenn wir der Pest ein Schnippchen schlagen können. Wir hassen sie ebensosehr wie du. Schau doch den Baum dort, wie er leidet. Spürst du das Grauenhafte, das ihm widerfährt, auch bis in die Knochen?»
«Schon, nur nicht gerade bis in die Knochen.»
Der Mumpel war erstaunt. «Aber wenn die Bäume weinen, hörst du's doch, oder?»
Wieder schüttelte Dec den Kopf.
«Nein? Merkst du denn wenigstens, wie ihre Seele entweicht? Da – bei jener großen Eiche dort ist es gerade soweit.»
«Das orangerosa Schaumzeug? Scheußlich, finde ich auch.»
«Nein, nein, ich meine nicht die Pest. Das Leben der Eiche selber... Jetzt.»
Dec strengte sich an, doch er bemerkte es nicht.
Da schlug sich der Mumpel gegen die Stirn und rief: «Entschuldige, ich vergaß. Natürlich kannst du das nicht sehen. Wie solltest du auch, du bist ja bloß ein Mensch.»

Der Augen-Blick

«Bloß» ein Mensch – also wirklich! Was für ein phantastische Geschichte. Dec hatte Bekanntschaft geschlossen mit einer Art Vormensch. Er ging aufrecht neben ihm her. Das Schwanzende hielt er wie einen Regenschirm über den Arm gehängt. Überhaupt schien er recht umgänglich zu sein, wenn auch unglaublich kompakt und stark.

«Sag mal», begann Dec ihn auszufragen, «heute nacht habt ihr Mumpels so altmodisch geredet, daß ich euch fast nicht verstand. Und jetzt gebrauchst du die gleichen Ausdrücke wie ich auch. Wie kommt das?»

«Ganz einfach, wir unterhalten uns nie mit Leuten deiner Art. Deshalb waren wir etwas im Hintertreffen, was die Umgangssprache betrifft.»

«Wieso kannst du sie denn jetzt auf einmal?»

Der andere schaute verlegen drein. «Wenn es dir nichts ausmacht – wir haben schnell einen Blick in dein Sprachzentrum geworfen, deswegen.»

«Was du nicht sagst!» staunte Dec. Diese Mumpels schienen allerhand seltsame Fähigkeiten zu besitzen. «Willst du nicht ein bißchen über dich selber erzählen? Wo kommt ihr her? Wie lange gibt es euch schon auf der Erde? Und warum...»

«Kein Wort mehr, bevor nicht die Sache unserer Freundschaft geklärt ist», unterbrach ihn der Mumpel. «Zieh mal dein Leibchen aus, bitte.»

«Ich soll was?»

«Deinen Spruch von ‹Sagt es mit Holz› ausziehen.»

Aha, dachte Dec, lesen kann er auch – und tat ihm den Gefallen. Da beugte sich sein Begleiter vor und schleckte ihm dreimal lang und genießerisch über die Brust. Fast sah es aus, als wolle er ihn auffressen. Doch keine Spur, er kostete Dec nur mit der Zunge, so wie man Wein probiert. Darauf drehte er ihn um und fuhr ihm zart schnuppernd am Rückgrat hoch. Und schon hob er ihn in die Luft und wog ihn auf ausgestreckter Pfote. Dec kam sich vor wie ein preisgekröntes Schweinchen auf einer Landbauausstellung.

«Was soll der Unsinn, laß mich los!» protestierte Dec. Der Mumpel nickte bloß und gab keine Antwort. Er war gerade damit beschäftigt, Dec die Herzgegend abzuklopfen, wobei er ihn mit seinen schwieligen Pranken nur vorsichtig antippte, um das Menschenwesen ja nicht zu beschädigen.

Auf einmal erschien in seinem Blick ein heller Funke, als würde weit weg in seinem Kopf ein Licht angezündet. Und bevor Dec es sich versah, leuchtete der Mumpel ihm in die Augen mit einem Röntgenblick, der durch Mark und Bein ging. Dann legte er sein Ohr an Decs Schädeldecke und horchte ein Weilchen. Endlich murmelte er vor sich hin: «Technischer Fimmel, na ja. Hirnqualität für einen Menschen ausgezeichnet. Seele noch nicht ganz gar. Aber bei allen Gezeiten, was für Herzgold. Fast so hochkarätig wie meine Schwanzspitze...»

Der Röntgenblick erlosch. Dec konnte ihm wieder in die großen Augen sehen. Nur schienen sie ihm verschleiert, wie zwei dunkle Spiegel, durch die man wohl nach außen schauen, aber nicht hineinsehen kann. Seltsam, als der Mumpel aus seiner Ohnmacht erwacht war, hatte darin mehr Ausdruck gelegen als jetzt.

«Bist du endlich fertig mit der Schnüffelei?» fragte er ungeduldig.

«Ich habe nur abgeklärt, ob wir Freunde sein können», entgegnete der Mumpel. «Und zwar nach Mumpelart, wo ein Freund noch ein Freund ist, verstehst du?»

«Und was hast du herausgefunden? Geht es?»

«So seltsam es scheint, ich glaube ja. Die Frage ist nur – ist unser Geheimnis bei dir sicher? Kannst du den Mund über unser Dasein halten, selbst wenn du wieder Leute deiner Art treffen solltest?»

«Das kann ich.»

«Und möchtest du mein Freund sein so wie ich dein Freund wäre, bedingungslos und unverbrüchlich treu, dein ganzes Leben lang? Denn so will es die Mumpelsitte.»

Dec wußte vor Glück nicht, was er antworten sollte. Einen solchen Freund hatte er sich immer gewünscht. Einen, dem er trauen konnte, der zu ihm stand, was auch geschehen mochte. Und der genauso auf ihn zählen konnte. «Mein Leben lang, oh ja!» rief Dec, «wenn du es willst, ich will gern.»

Da wickelte das Fabelwesen seinen ungeheuren Schwanz um die schmalen Bubenschultern und drückte Dec an sich (wiederum ganz behutsam, um ihn ja nicht zu zerquetschen) und forderte ihn auf: «Dann schaue mir in die Augen, Dec.»

Das tat Dec. Und siehe da, die dunklen Spiegel waren verschwunden. Stattdessen schauten ihn große, blaugrüne Augen an. Sie strahlten ihn an mit solch unverhohlener Wärme, daß er ganz verlegen wurde. Scheu blickte er zurück – und gewahrte in ihnen das Meer. Deutlich konnte er die Wellen und die sonnenklare Luft darüber unterscheiden.

Dec lächelte. Er konnte sich nicht helfen, er schlug die Arme um den Hals des Mumpels und wollte gar nicht aufhören, in diese leuchtendhellen Augen zu blicken.

Da hatte er ein sehr merkwürdiges Erlebnis. Ihm war, als würde er in das Meer dieser Augen hineingesaugt. Er ließ es geschehen und sank und sank. Unfaßbar tief war die Tiefe. Dec verstand, was da geschah: Der Mumpel holte ihn in seine Seele. So war es auch richtig: Seele um Seele, Herz um Herz. Der andere hatte vorher in sein Wesen geblickt. Jetzt kam er, Dec, an die Reihe.

Die erste Überraschung kam gleich am Anfang: Sie mußten etwa gleichaltrig sein. Auch der Mumpel war ein Junge.
Und nun nahm er Dec sozusagen bei der Hand und führte ihn herum in seinem eigenen Ich. Er zeigte alles von sich bis in den fernsten Winkel. Vieles kam Dec bekannt vor, da der Mumpel ja zum Teil menschlich war. Anderes hingegen war ihm neu; manchmal konnte er nicht erraten, wozu etwas gut war.
So schwamm Dec in der lichterfüllten Welt dieser Mumpelseele, und je mehr er davon sah, desto größer wurde seine Freude. Manchmal mußte er lachen, denn sein Begleiter war ein heiteres Geschöpf. Aber er fand auch Traurigkeit, die ihn ganz elend machte.
Da das Sich-kennen-Lernen von innen her geschah, wurden die beiden so vertraut, als wären sie zusammen aufgewachsen. Dec störte es nicht einmal mehr, daß der andere so viel gescheiter war. Plötzlich grinste er und boxte ihn liebevoll in die Rippen: «Ich mag dich.»
Der Mumpel lächelte zurück: «Ich mag dich auch.»
Im gleichen Augenblick schien etwas in Decs Kopf zu explodieren vor lauter Licht. Der Mumpel lächelte bloß und sagte nichts. Dec rieb seine Wange an der des Mumpels. Auch für ihn hieß es jetzt ganz selbstverständlich: «Ein Leben lang.»
Das ist die Folge, wenn ein Mensch ins Innerste eines Mumpels taucht. Vielleicht hat er sein Leben lang nach etwas gesucht und es nicht gefunden. Was es auch sein mag, bei einem Mumpel hat die Suche ein Ende. Man fühlt sich endlich rundum wohl.
So wurde die Freundschaft der beiden besiegelt auf die einzige Art, die zwischen Mensch und Mumpel möglich ist – in einem Augen-Blick.

Freund Hipp

Vergnügt marschierten der Menschen- und der Mumpeljunge zurück zum Strand. Der Umweg, den Dec mit dem Sportwagen von Pottinghill aus genommen hatte, entpuppte sich als eine enorme Strecke, die sie nun auf eigenen Beinen zurücklegen mußten. Dem Mumpel machte das nichts aus, ebenso gut hätte ein Panzertank müde werden können. Auch Dec hatte ein paar Stunden lang seinen Spaß daran. Es läßt sich so gut reden beim Gehen.

Dec hörte deutlich aus dem rhythmischen Stapfen ihrer Schritte heraus: «Nicht mehr allein ... nicht mehr allein ... nicht mehr allein...» Vergessen waren Kummer und Sorgen. Er hatte einen neuen Freund, den besten Freund der Welt.

Der Mumpel war genauso begeistert. Einen Menschen als Freund, einen echten Menschen, man denke! Was sein neuer Freund in ihm so Besonderes sah, das sollte Dec allerdings erst später erfahren.

Auf einmal begann sein Begleiter zu singen. Welch schauerliche Klänge! Nicht etwa wegen der Musik, die in ihrer Fremdartigkeit reizvoll war. Der junge Mumpel hatte bloß den Stimmbruch. Er tutete, als hätte sein Nebelhorn einen Sprung bekommen. Dec fand es großartig, obwohl er kein Wort verstand, denn das Lied war in Mumpelsprache.

Schließlich fing der Mumpel zu hüpfen an wie ein liebeskrankes Känguruh. Dec, voller Begeisterung, schlug den Takt und schrie: «Ho-hopp, so tanz, Grünbube!» Als sie mit ihrer Aufführung fertig waren, erklärte der Mumpel: «Das war ein Festlied. Freunde

kriegt man schließlich nicht alle Tage, und schon gar nicht einen Menschen. Weißt du, daß du seit 9000 Jahren der erste bist?»
Dec rief: «Was meinst du denn, wie ich mich erst freue, daß ich dich getroffen habe. Du bist etwa zwölf, habe ich richtig gesehen?»
Der Mumpel kicherte: «Ja. Wenigstens bin ich zwölf nach unserem Maßstab. Aber nach Menschenrechnung bin ich uralt. Was glaubst du, wieviel Jahre ich schon lebe?»
«Achtzehn vielleicht?» schätzte Dec. «Zwanzig, dreißig? Nein? Fünfzig, siebzig ... was, immer noch mehr?»
«Hundertdreiundzwanzig Jahre.»
Er mußte so sehr lachen über Decs verblüfftes Gesicht, daß er sich verschluckte.
«Da staunst du, was? Dabei ist es logisch. Wir funktionieren komplizierter als ihr Menschen, haben mehr Sinne und Gehirnwindungen. Wir besitzen sogar Fähigkeiten, die ihr nicht mal dem Namen nach kennt. Es braucht natürlich seine Zeit, die beherrschen zu lernen. Folglich sind wir viel später erwachsen als ihr, leben dafür aber auch länger.»
«So wie wir langsamer erwachsen werden und länger leben als ein Kaninchen», entgegnete Dec. «Ich habe mich schon gewundert, daß ich so vieles nicht verstand, als ich vorher bei dir war.»
«Dann frag ruhig. Ich habe keine Geheimnisse mehr vor dir. Schieß los, was möchtest du wissen?»
«Deinen Namen.»
Doch nun schüttelte der Mumpel den Kopf: «Schade, das ist ausgeschlossen.»
«Keine Geheimnisse nennst du das, und ich darf nicht mal deinen Namen wissen?»

«Natürlich darfst du. Aber es hätte keinen Sinn, ihn dir zu nennen, er ist viel zu lang. Unsere Namen führen zurück bis zum allerersten Urmumpel und geben die wichtigsten Ahnen, Urahnen und Anverwandten an, die dazwischen liegen. Ich müßte einen Monat lang Tag und Nacht ununterbrochen reden, um den meinen auszusprechen. In unserer Sprache würde er dir nur wie ein rauschender Wasserfall in den Ohren klingen. Auch übersetzt wäre er für dich so langweilig, als leierte ich eine Batterie Telefonbücher herunter.»
«So lasse mich wenigstens den Anfang hören», beharrte Dec.
«Wie du willst.»
Der Mumpel räusperte sich und begann: «Der Tapfere, Sohn des weitgereisten, hochgelehrten Neffen zweiten Grades mütterlicherseits des dunkelschuppigen Bewohners des vierten Bezirks im hochgradig salzhaltigen See gegen Nord-Nord-Ost-Nord-Schräg-West, dessen Vater als sechster Sohn der feinschwanzigen Tochter des grünäugigen Mumpels mit der Nasenwarze...»
«Hör auf, hab schon genug gehört!» rief Dec und hielt sich die Ohren zu. «Aber wie macht ihr es, wenn ihr euch begrüßt? Nennt ihr euch nie beim Namen?»
«Doch, genau so oft wie ihr Menschen auch. Nur sprechen wir den Namen nicht aus, wir denken ihn. Wir können uns den ganzen Rattenschwanz von Angaben in der gleichen Zeit vorstellen, die es braucht, um Hoi, Dec! zu sagen. Und so rufen wir einander auch – einfach indem wir an einander denken.»
«Hört ihr das denn?»
«Wir schon. Ihr Menschen kennt nur das ‹Ich-Denken›. Ihr seid mit euren Gedanken allein, und wenn ihr sie jemandem mitteilen wollt, so müßt ihr das in Wör-

tern sagen. Wir kennen außerdem das ‹Du-Denken› und das ‹Wir-Denken›. Dabei schlüpft man einfach ins Hirn der andern und unterhält sich so. Praktisch, nicht?»

«Sehr», gab Dec zu. «Und das funktioniert auch über größere Entfernung?»

«Die Entfernung spielt keine Rolle, solange es auf der Erde ist», erklärte der Mumpel. «Auch du kannst dir den Nordpol denken und bist in der gleichen Sekunde gewissermaßen dort.»

«Aber nicht in Wirklichkeit.»

«Weil du an deinen Körper gekettet bist. Wir vermögen den unseren zu verlassen, so oft es uns beliebt. Denken wir an den Nordpol, so befinden wir uns tatsächlich dort.»

«Das möchte ich auch können», rief Dec. «Aber damit weiß ich immer noch nicht, wie ich dich nennen soll. Darf ich dir vielleicht einen anderen Namen geben?»

«Gern», freute sich der Mumpel. «Aber einen mit Sinn, wenn ich bitten darf. Ein Name muß irgendwie stimmen.»

Dec betrachtete seinen Freund mit kritischem Blick: «Willy ... Theodor ... Hansjörg ... nein, das paßt alles nicht. Und für ‹Dracula› bist du viel zu nett.»

«Wie wäre es mit Hippokrates?» schlug der Mumpel vor. «Das wäre sinnvoll, denn so hieß bei euch ein berühmter Arzt. Wir Mumpels werden alle Ärzte.»

«Kann ich einfach Hipp sagen? Das ist bequemer.»

Der Mumpel stimmte zu, und damit hatte er seinen Namen.

So wanderten sie dahin, bis Hipp bemerkte: «Du gehst auf einmal so langsam. Hast du Blasen? Willst du von meiner Salbe?»

«Ich bin nur müde. Wir sind bestimmt schon seit Stunden unterwegs.»

«Seit vier Stunden, dreiunddreißig Minuten, siebenundvierzig Sekunden.»

Dec, der keine Uhr an Hipps Handgelenk sah, fragte verblüfft: «Wie kannst du denn das wissen?»

«Sagt mir mein Zeitgefühl.»

«Sagenhaft.»

«Ach was, nicht der Rede wert. Dazu braucht es nur die Gehirnzellen Nummer 893796 bis 63796680094-D/f-19, einen ganz kleinen Ausschnitt. Aber du bist müde. Darf ich bitten?»

Der Mumpel streckte das aus, was bei uns Arme sind. Sie formten einen bequemen Sitz, fand Dec, als er Platz genommen hatte.

«Halte dich fest!» warnte Hipp. Dann legte er los, und ab ging es. Seine Beine wirbelten wie Trommelstöcke und bewegten sich so mühelos, als würden sie von einem Motor angetrieben. Schnell wie ein Vorortszug rasten sie dahin. Dabei plauderte Hipp ebenso entspannt weiter, wie wenn er selber drin säße.

Es dauerte nicht lange, und das Meer tauchte in der Ferne auf. Dec wurde nachdenklich.

«Du, Hipp, bist du sicher, daß deine Leute mich aufnehmen wollen? Was ist, wenn sie mich nicht mögen?»

«Aber das tun sie doch schon. Sie können es kaum erwarten, daß du eintriffst.»

«Du hast doch gesagt, daß sie Menschen nicht ausstehen können. Und mich kennen sie überhaupt nicht. Sie haben mich nur schlafend gesehen.»

«Und heute den ganzen Tag.»

«Wir waren doch allein, du Witzbold.»

«Irrtum, sie waren dauernd bei uns. Sie haben dich durch meine Augen gesehen, haben deine Stimme durch meine Ohren gehört. Eine Sache von ‹Wir-Denken›, verstehst du?»

«Ja, so... Und werden sie immer noch Schiffsplanken und Fischernetze und solche Sachen sein?»

Da lachte Hipp sein unwiderstehliches Lachen. «Natürlich nicht. Von jetzt an wird sich kein Mumpel mehr vor dir verstecken. Überall auf der Welt wirst du ihnen willkommen sein. Denn alle wissen, daß du mein Freund bist. Nach unseren Gesetzen giltst du jetzt selbst als Mumpel.»

«Ich freue mich, ihnen die Hand zu schütteln», erklärte Dec. Er wollte damit etwas Nettes sagen. Hipp aber versetzten diese Worte in Erregung. Er riß einen Vollstopp, setzte Dec auf den Boden und bettelte: «Dec, erlaubst du vielleicht – dürfte ich als erster deine Hände halten? Nur für einen ganz kleinen Augenblick?»

Als Dec ihm erstaunt die Hände zustreckte, nahm er sie so behutsam zwischen die Pranken, als handle es sich um das Kostbarste der Welt.

«Hände», murmelte er beeindruckt. «Echte Hände. Diese beweglichen Finger mit dem entgegengestellten Daumen und Tastsinn... Damit kannst du machen, was du willst. Sogar Telefonnummern einstellen, stimmt's?»

«Aber ja!» lachte Dec.

«Und den Hörer abheben, ohne ihn fallen zu lassen?»

«Sicher.»

«Sogar das Gehäuse aufschrauben und wieder zusammenbasteln?»

«Auch das.»

Da hob Hipp Decs nicht allzu saubere Hände an seine Stirn.

«Wie glücklich bin ich, daß du mein Freund sein willst.»

Er ließ Dec los und zeigte seine eigenen plumpen Tatzen vor: «Schau dir die an. Gut zum Gehen und Schwimmen, und zur Not läßt sich auch etwas zwischen diese Pfoten klemmen. Aber es gelingt uns nicht, ein Ding richtig festzuhalten, und außer einem Steindamm oder so bringen wir gar nichts fertig. Dabei haben wir so viele Ideen im Kopf, nur ausführen können wir sie nicht... Kannst du dir vorstellen, wie großartig mir deine Hände vorkommen?»

«Und mir dein Gehirn.»

Da mußten beide lachen und wurden wieder quietschfidel. In Pottinghill holten sie Decs Campingsachen aus der Schreinerei, und Festlieder singend erreichten sie endlich die Küste.

Die Mumpelfamilie

Dec wurde von Hipps Familie mit großer Wärme begrüßt. Mutter Mumpel drückte ihn ans Herz und weinte Freudentränen. Tränen haben Seltenheitswert bei diesem Volk. Sie bestehen aus dikker Gelatine, die an der Sonne zu blauen Korallen trocknet. Wer eine solche Koralle findet, hat den Beweis, daß dort ein Mumpel übergroße Freude oder Herzenskummer hatte.

Auch Vater Mumpel war bewegt. Er sagte: «Ein Homo sapiens, daß ich das erleben darf. Willkommen, kleiner Mensch, herzlich willkommen.»
Und Hipps sechs jüngere Geschwister betasteten Dec, rieben ihre Backen an der seinen und mußten ständig ermahnt werden, ihn nicht vor lauter Zuneigung umzubringen. Bei ihrer unglaublichen Kraft konnte leicht ein Unglück geschehen. Wie sie alle um ihn herum standen, sah Dec überall die helle Widerspiegelung des Meers in ihren großen, klaren, grün-blauen Augen. Kein Blick war verschleiert oder dunkel.
Da sagte der Mumpelvater: «Eines verstehe ich nicht. Wie in aller Welt hast du die Pest überlistet? Und das während drei vollen Jahren?»
«Drei volle ... *Jahre?*» japste Dec.
«Und sechzehn Tage», fügte Hipp hinzu.
«Deswegen der Rost an meinem Fahrrad... Aber wie ist das denn möglich?»
Der Mumpelvater funkelte Dec mit seinen gescheiten Augen an. «Wo kommst du eigentlich her, mein Junge?»
Dec wies gegen Pottinghill. «Von dort. Aber es waren keine Jahre, wirklich nicht. Gestern morgen war noch alles ganz normal.» Und nun erzählte er die Geschichte von der Hochzeitstruhe, wenigstens soweit er sie selber kannte.
Nicht lange ging's, da pfiff der Mumpel durch die Zähne, wie wenn ihm plötzlich ein Licht aufgegangen wäre. Er wollte einen lückenlosen Bericht darüber, wie Dec sich beim Aufwachen gefühlt hatte.
Darauf bemerkte die Mumpelmutter: «Das klingt nach Torkalubinosis.» Der Vater nickte: «Ich wußte gar nicht, daß die Menschen es kannten. Aber es ist die

einzig mögliche Erklärung. Stimmt's, Dec, da war etwas Blaues in deiner Kiste?»
«Sicher, die Sternflunkerfarbe der Wände. Das ist Simons Spezialität. Aber wenn ich es mir recht überlege, schienen in meiner Truhe die Sterne gerade erloschen, ganz so, als würden bald die Hähne krähen.»
«Torkalubinosis!» bestätigte der Mumpelvater.
«Torkalubinosis!» riefen alle sieben Kinder.
Der Mumpelvater erklärte Dec gerade, was es mit dieser Wunderdroge auf sich hatte, als es im Bauch des Jungen zu rumpeln begann. Die Mumpelmutter hörte es und rief ihren Kindern zu:
«Holt schnell Fische, Krabben, Muscheln und was es sonst für eine Festmahlzeit braucht! Heute wird gefeiert!»
Als Dec ein Feuer anzündete, fanden sich sofort sämtliche Kinder ein. Unglaublich, wie dieser Menschenjunge einen winzigen Gegenstand wie ein Streichholz zwischen Daumen und Zeigefinger halten konnte. Er zündete es sogar an, ohne es zu zerbrechen. Die jungen Mumpels verfolgten die Bewegungen Decs mit einer Spannung, als wäre er ein Zauberkünstler. Die größte Sensation kam, als er sich bückte, um die Schnürsenkel seiner Turnschuhe neu zu binden. «Schau doch, er zieht die Bänder durch die Ösen, einfach so. Er kann sie sogar knüpfen. Und jetzt hat er sie in eine Schleife gelegt. Was für eine wunderhübsche Masche!»
Und als Dec einem der Mädchen die wirren Haare kämmte und in Zöpfchen flocht, schlugen die Mumpelkinder ihre Pranken gegeneinander, daß es nur so klopfte. Lachend verbeugte sich Dec nach allen Seiten und dankte für den Applaus.
Zum Essen setzte man sich. Die Mumpels ringelten

ihren Schweif zu einer Spirale und setzten sich darauf, was sehr bequem aussah. Die Mahlzeit schmeckte fabelhaft. Jedermann war in bester Stimmung. Das Mädchen mit den Zöpfchen fand sich so schön, daß sie ausrief: «Jetzt will ich auch einen Menschennamen haben, genau wie Hipp. Was würdet ihr meinen zu Cilla? Aber natürlich muß man einen Menschennamen von einem Menschen bekommen, wenn er gelten soll.»
«Da, nun hast du ihn!» rief Dec vergnügt und pflanzte zur Besiegelung einen Kuß auf ihre Backe.
«Wenn du schon dabei bist», begann die Mumpelfrau. «Mir würde Zoe gut gefallen. Es bedeutet soviel wie Leben oder Mutter des Lebens. Das würde zu mir passen.»
«Genehmigt. Du sollst Zoe heißen», sprach Dec mit Würde.
«Sehr wohl», sagte darauf der Vater. «Auch ich möchte nach dem, was ich bin, benannt werden: Arzt und Heiler. So nenne mich Asa, das diese Bedeutung hat.»
«Darf ich dann Hamlin sein?» bettelte der Jüngste. «Das heißt der Kleine. Würde doch passen, nicht wahr?»
Einer der Jungen sagte: «Ich bin ein Fremder in der Menschenwelt. Du nennst mich am besten Zeno, der Fremde.»
«Ich bin stolz darauf, Menschenblut in den Adern zu haben», widersprach sein jüngerer Bruder. «Aber weil auch ein wenig Drachenblut dabei ist, würde ich am liebsten Drago heißen.»
Die Zwillingsmädchen wollten unbedingt den gleichen Namen haben. Aber als Dec erklärte, das gäbe es nicht, wählten sie schließlich «Nerina» und «Nerita», was wenigstens dasselbe bedeutet: Wassernymphe.

Dec bestätigte jeden Namen mit schönster Feierlichkeit, und die Mumpels fühlten sich reich beschenkt. Kaum war der letzte Bissen verschluckt, begann die ganze Gesellschaft zu singen, wie Mumpels das immer tun, wenn ihnen das Herz übergeht. Als Dec ihren Gesang vernahm, war er sehr erstaunt. So sollte das also klingen. Ja, das war natürlich etwas anderes als vorhin mit Hipp. Aber diese Klänge kannte er doch. Jeder in Pottinghill hatte sie schon vernommen. Am besten waren sie zu hören, wenn man bei Sonnenuntergang dem Strand entlangspazierte. Die Leute sagten dann etwa: «Wie wild tönt heute die Brandung», oder: «Es liegt Sturm in der Luft.» Dec aber hatte nie etwas übrig gehabt für solche Umschreibungen. Er vernahm Gesang, also gab es einen Sänger. Lange meinte er der einzige zu sein, der daran glaubte. Dann hörte er eines Tages Fischern am Stammtisch zu.
«Weit draußen hörte ich Lieder im Wind, aber nicht von unserem Schiff. Es kam aus den Wellen.» Und der andere schwur: «Habe es selbst gesehen, ein Mädchengesicht im Wasser, ein lachendes, glattweg zum Verlieben. Nur eine Sekunde, dann war es fort...»
Dec hatte ihnen das Hemd vom Leibe gefragt.
Zauberhaft mußte es gewesen sein, die Melodien der Mumpels aus dem Wasser zu hören. Diese seien uralt, hatte Asa erklärt, sie basierten noch auf Sphärenmusik. Dec wußte nicht genau, was das war, aber als er den Gesängen lauschte, mußte er immerzu an unendliche Fernen denken, und es kam ihm vor, als erlebe er die Erschaffung der Welt.
Als das Konzert vorüber war, war auch der Tag vergangen. Dec lag mit den Armen unter dem Kopf auf dem warmen Sand und schaute in den Himmel. Seit

seinem Aufwachen gestern war er noch nicht dazu gekommen, über seine Lage nachzudenken. Jetzt aber, da er so dalag und den Mond betrachtete, ging es ihm durch den Kopf: Da oben sitzen sie. Wie es ihnen wohl geht? Die würden staunen, wenn sie das von den Mumpels wüßten. Von mir glauben sie natürlich, daß ich längst tot bin. Dabei lebe ich, ich möchte es ihnen schrecklich gerne mitteilen. Geht aber nicht. Ich bin hier, und sie sind dort... Schrecklich. Ich kann doch nicht mein ganzes Leben unter Leuten mit Echsenschwanz verbringen. So nett sie auch sind, sie sind nicht wie ich. Ich will zu Vater und Peggy und Simon. Ich will heim.

Hipp neben ihm merkte, daß Dec Sehnsucht hatte. Er flüsterte: «Nimm es nicht so tragisch, Dec. Du wirst sehen, an uns gewöhnst du dich bald. Übrigens, ich habe eine Idee. Was meinst du, jetzt, da wir dich mit deinen Händen haben, könnten wir doch...» Und dann brachte er so drollige Vorschläge, daß Dec wieder munter wurde.

Verstohlen musterte er seine Hände. Was die Mumpels davon für ein Aufhebens machten. Eigentlich hatte er seine Hände nie besonders beachtet, außer wenn er sich mal in den Finger geschnitten oder eine Brandblase geholt hatte. Sie waren stets das Selbstverständlichste von der Welt gewesen, angewachsene Werkzeuge, die er einfach gebrauchte. Aber vom Mumpelstandpunkt aus betrachtet – es mußte tatsächlich schlimm sein, Ideen zu haben und keine Hände, um sie auszuführen...

Hipp stieß ihn in die Seite: «Immer noch am Grübeln, Dec?»

«Nicht was du denkst. Ich überlege mir bloß die ganze

Zeit: Wenn ihr so versessen auf Hände seid, warum laßt ihr euch denn keine wachsen? Mit eurer Verwandlungskunst.»

«Schon, aber sie nützt uns nichts. Die Verwandlung dient nur der Tarnung vor den Menschen. Wir ordnen dabei unsere Zellen zu einer Form um, die in die Umgebung paßt. Aber das Ganze bleibt eine Nachahmung, eine Verkleidung, wenn man so will. Funktionieren können wir nur, wenn unser Körper richtig zusammengesetzt ist. Deshalb sind während der Verwandlung unsere Möglichkeiten beschränkt. Wir können dann weder gehen noch schwimmen. Und unsere Mühe mit dem ‹S› kennst du ja. Was aber die Hände betrifft ... ich zeige dir, was ich meine. Halte mal meinen Arm fest.» Er streckte Dec die klobige Pfote hin, und Dec umfaßte sie mit beiden Händen.

Während zehn, zwanzig Sekunden geschah nichts. Dann spürte Dec, wie die Spannung im harten Fleisch sich änderte. Eine lange Wellenbewegung fuhr hindurch. Der Arm begann sich zu strecken, zerteilte sich am Ende, fünf längliche Auswüchse fingen zu sprießen an... Im nächsten Moment hielt Dec einen ganz gewöhnlichen Jungenarm, komplett mit Puls, Hand und Fingern – und mit einer hochmodernen Uhr am Handgelenk. Es fehlte bloß, daß sie auch noch tickte.

«Phantastisch», stammelte Dec.

Hipp zuckte die Schultern. «Ein Scheingebilde, weiter nichts. Ohne Gefühl, ohne Kraft, zu rein gar nichts zu gebrauchen. Dann ziehe ich doch meine alten Pranken vor.» Und er verwandelte den Arm wieder zurück.

«Jetzt verstehe ich», nickte Dec. «Vielen Dank für die Vorführung.»

Wie es ihre Gewohnheit ist, schliefen die Mumpels

auch in dieser Nacht dicht beieinander. Sie berührten sich dabei in der Mitte mit den Köpfen, während sich ihre Körper strahlenförmig nach allen Seiten ausstreckten. Ein sehr hübsches Bild, eine überlebensgroße Sternblume.
Eines der Blätter allerdings sah ein wenig anders aus.
Ein Junge in einem Schlafsack...

«... Und haben
uns Menschen kein Wort gesagt.»

Für Dec fing eine herrliche Zeit an. Die Mumpels mochten ihn, und er mochte sie. Wie er betrieben sie Sport mit wahrer Leidenschaft, und zwar am liebsten Fußball. Plaff! gaben sie dem Ball einen Tritt, daß er über ganz Pottinghill hinwegflog. Auf der anderen Seite des Städtchens stand die Gegenpartei und kickte zurück. Manchmal traten die Mumpels den Ball senkrecht in die Höhe. Dann verschwand er zwischen den Wolken oder schmolz zu einem unsichtbaren Stäubchen weit oben im Blau des Himmels zusammen und brauchte eine ganze Weile, um wieder herunterzukommen. Asa erreichte die Bestzeit von acht Minuten dreiundvierzig Sekunden.
Eine andere ihrer gemeinsamen Lieblingsbeschäftigungen war das Versteckspiel. Natürlich ging es dabei immer gegen Dec. Meist nahmen die Mumpels die Farbe ihrer Umgebung so täuschend echt an, daß Dec suchen konnte, wie er nur wollte, er sah nicht einmal

den, der unmittelbar vor ihm gegen eine Mauer lehnte. Bei Formveränderungen hatte er sowieso keine Chance. Als sie einmal durch die Ladenstraße von Pottinghill schlenderten, störte Dec ein Steinchen im Schuh, und er bückte sich. Als er sich wieder aufrichtete, waren die Mumpels weg. Dec kam es ein wenig unheimlich vor. Sie hatten ihn doch nicht etwa allein zurückgelassen?

Dann schaute er sich die Umgebung etwas genauer an. «Ha!» rief er bald erleichtert. «Dort ist das Fenstersims oben angebracht statt unten. Bei jenem Balkon fehlt das Geländer. Und was hat eine Hundehütte vor dem Gemeindehaus zu suchen, bitte schön?»

Da kamen die Mumpels gelaufen und hatten ihren Spaß.

«Aber Vater kriegst du nicht», sagte Hipp voller Stolz. «Und ob ich ihn kriege», grinste Dec. «Dort ist er. Ausgerechnet als Tanksäule in einer Fußgängerzone!»

So hatte Dec das Spiel gewonnen, weil er die menschliche Lebensweise besser kannte als die Mumpels, die sonst im Wasser lebten. Sie wußten beispielsweise nicht, daß Menschen großen Wert auf leblose Besitztümer legen. Wenn sie durch die engen Gassen von Pottinghill flanierten, nahmen sie ihren Schwanz nicht immer wie einen Regenschirm über den Arm. Sie schleiften ihn hinter sich her oder zwirbelten ihn beim Reden in der Luft, so wie wir mit den Händen gestikulieren. Das ging aber unweigerlich schief. Bevor sie es merkten, hatten sie eine Bushaltestelle umgefegt, eine Verkehrsampel geköpft oder eine Straßenlaterne geknickt. Es kam vor, daß die Mumpels mit der Pfote eine Mauer antippten, und schon bekam sie Risse. War es ihre Schuld, daß der stärkste Beton sich wie Pappe verhielt? Im Gespräch brachen sie oft zerstreut eine Ecke aus einer Hauswand, so wie wir manchmal einen Kieselstein werfen oder ein Blatt abrupfen, ohne viel dabei zu denken.

Gerade ein Blatt hätten die Mumpels aber unbedingt in Ruhe gelassen, vorausgesetzt, es hätte wie früher noch Blätter gehabt. Ein Baum lebt, und Leben ging für sie über alles. Ein einziges Blatt hatte in ihren Augen mehr Wert als das teuerste Grand-Hotel samt Autopark, Tanzsaal und Schwimmbad.

In diesem Sommer lernte Dec mehr als in seinem ganzen Leben zuvor. Schwimmen, zum Beispiel. Er hatte geglaubt, darin Meister zu sein, bis Asa seine Künste sah.

«Du fuchtelst herum wie ein Spatz im Vogelbad», kritisierte er. «Du setzt deine Muskeln falsch ein. Du vergeudest deinen Atem und machst Anstalten, den Ozean zu verschlucken. Komm, Dec, wir gehen üben.»

Dec lernte phantastisch schwimmen. Bald ritt er auf den Schultern seines Trainers seelenruhig durch die Brandung oder lag flach auf Hipps Rücken. Weit draußen ließen sie ihn ins Wasser gleiten und überließen ihn sich selber, während sie in die Tiefe tauchten. Da schwamm er dann, ein winziges Pünktchen zwischen Meer und Luft und sonst nichts, so weit er sehen konnte. Nirgends ein Boot oder eine Planke...

Manchmal kamen Wellen, so hoch wie ein Haus. Donnernd brach die blaugrüne Glaswand mit ihrer Krone aus weißer Gischt über ihm zusammen und riß ihn in die Tiefe. Als dies das erste Mal geschah, geriet Dec in Panik: Wenn ich nun nicht mehr hochkomme, was dann? Hilfe, ich ertrinke!

Kaum hatte er seinen Hilferuf zu Ende gedacht, schob

sich ein panzerbewehrter Körper unter den seinen. Zoes freundliches Gesicht tauchte aus dem Wasser empor: «Aber Dec, warum so ausgepumpt? Du kannst doch noch nicht müde sein, oder?»
«Ich hatte Angst.»
«Dachte ich's mir. Dabei stehen wir doch alle mit dir auf ‹Du-Kontakt›. Sozusagen auf Dauerempfang für SOS-Rufe.»
«Und wenn ich nicht mehr rufen kann?»
«Du brauchst es nur zu denken.»
«Und wenn ich nicht mehr denken kann?»
«Dein Körper sendet trotzdem Signale aus, die wir auf jeden Fall vernehmen.»
Wen wundert's, daß Dec sich im Wasser bald völlig heimisch fühlte?
Nach einem solchen Ausflug lagen er und Hipp oft im warmen Sand und hielten lange Gespräche. Dec erinnerte sich an ihre erste Begegnung und was er in Hipps Seele alles nicht verstanden hatte. Er forschte und bohrte unentwegt und fragte Hipp die Schuppen vom Leibe. Denn soviel hatte er inzwischen gemerkt: einen Mumpel kennenzulernen war ein atemberaubendes Abenteuer.
Die Mumpels konnten beispielsweise auf Anhieb erzählen, aus wieviel Kohlenstoff ein Ding besteht, aus wieviel Wasser, Eiweiß, Mineralien. Ihr Röntgenblick forscht durch alle Schichten hindurch bis in den innersten Kern. Wo wir beim Schein steckenbleiben, dringen sie durch zum Sein. Sie merken einem Gegenstand sogar an, ob man ihn geliebt hat oder gehaßt.
Kein Wunder, die Mumpels haben ja etwa zweiundzwanzig Sinne. Da überdies ihr Verstand einmalig gut arbeitet und ihr Erinnerungsvermögen enorm ist, sind

sie die geborenen Wissenschafter. Aber was auch immer sie erforschen, sie stellen es in den Dienst des Lebens. Am meisten liegt ihnen die Heilkunst. Krankheiten erkennen sie mit einem einzigen Blick auf den Patienten. Gleichzeitig spüren sie das Heilmittel dazu auf der Zunge.

«Ganz praktisch bei der Pest, nicht wahr?» lachte Hipp, als sie einmal davon sprachen. «Wir wußten sofort, wo das Gegengift zu finden war.»

«Gut für euch», antwortete Dec zerstreut. Er war ein wenig schläfrig geworden.

Als sie später nach einem erfrischenden Bad wiederum im Sande lagen, schnitt Dec ein neues Thema an. Was hatte Hipp gemeint mit Zellen-Umgruppierung? Konnte man die Zellen voneinander lösen?

«Ohne weiteres, wenn man weiß, wie», sagte Hipp. «Das Problem liegt darin, sich am Schluß wieder zum Mumpel zusammenzusetzen. Jedes Knöchelchen muß an die richtige Stelle kommen und jeder Blutstropfen dort fließen, wo er hingehört. Man darf es nur machen, wenn man seinen Körper bis auf die letzte Zelle kennt.»

«Aber das sind doch Milliarden!» rief Dec. «Habt ihr die alle auswendig gelernt?»

«Nicht nötig, wir lernen zu fühlen, wie sie zusammengehören. Oder vielleicht ist es mehr ein Sehen, ein Ahnen; es gibt kein richtiges Wort dafür in deiner Sprache.»

«Das nenne ich eine feine Kunst – sich mit dem gleichen Zellenmaterial anders zusammenzusetzen. Die möchte ich auch gerne beherrschen.»

Hipp schüttelte den Kopf. «Ausgeschlossen. Du mußt wissen, dieses Ahnen ist einer der 17 Sinne, die euch Menschen fehlen. Du müßtest tatsächlich die Milliar-

den von Zellen auswendiglernen, und dazu ist dein Leben zu kurz. Du wärst ein alter Mann, bevor du nur schon die erste Million im Kopfe hättest. Und erst das Verwandeln selbst: das Ausdehnen, Schrumpfen, Verfärben und das Kopieren der verschiedenen Formen würde wiederum viele Jahre brauchen.»
«Dann wird Hamlin noch nicht weit gediehen sein?»
«Er kann schon ein paar einfache Dinge wie ‹Gemüsekiste› und ‹Trottoirstein›. Und was seine Kenntnisse betrifft... Am besten gibt er dir selbst eine Probe.»
Hipp schwieg und machte sein «Du-Denken»-Gesicht. Schon kam der Kleine angerannt.
«Was ist, hast du mich gerufen?»
Sein großer Bruder nickte. «Ich möchte, daß du genau erklärst, was Dec jetzt macht. Mach mal irgendeine Bewegung, Dec.»
Dec zupfte an seinem Ohrläppchen.
Und schon ratterte der kleine Mumpel eine komplizierte Abhandlung herunter über diesen und jenen Nerv, der auf einem bestimmten Weg die und die Gehirnzellen veranlaßt hatte, einen gewissen Muskel so und so zu beeinflussen, damit sie einen Anteil einer Bewegung ausführten, was hinwiederum diese und jene chemische Reaktion... Die Bewegung selbst war rasch ausgeführt gewesen, doch ihre Erklärung brauchte gute zehn Minuten. Dec konnte beim besten Willen nicht folgen.
«Donnerwetter, da können wir Menschen wohl einpakken!»
Hipp sagte nichts. Hamlin sagte nichts. Doch Dec sah, wohin beide blickten. Auf seine Hände.
Die anderen Kinder kamen hinzu, und bald drehte sich das Gespräch um ihre früheren Verwandlungsabenteuer im Menschenland. Die Mädchen fuhren am liebsten

als Frachtgut im Zug mit. Hingegen waren Zeno und Drago wild darauf, als Straßenampel den Verkehr zu regeln. Hipps Spezialität bestand darin, bei Passagierschiffen an Bord zu klettern, um sich als bequemer Liegestuhl auf Deck zu präsentieren.
«So habe ich lesen gelernt. Aus den Zeitungen, die die Fahrgäste vor sich hielten.»
«Aber wozu das ganze Theater?» protestierte Dec. «Ihr seid so stark und gescheit. Wieso braucht ihr euch denn vor uns zu verstecken?»
«Frage lieber meinen Vater, der kann das besser erklären», wehrte Hipp ab.
In dieser Nacht wachte Dec auf. Irgend etwas störte ihn. Zuerst kam er nicht drauf, was es war. Auf einmal wußte er es wieder. Es war ein einziger Satz, den Hipp gesagt und den er kaum beachtet hatte. Nun surrte er in seinem Kopf herum wie eine lästige Stechmücke.
Hipp hatte lachend gesagt (daß er lachte, machte es noch schlimmer): «Ganz praktisch bei der Pest, nicht wahr? Wir wußten sofort, wo das Gegengift zu finden war.»
Jawohl, genau das waren seine Worte: «Wir wußten sofort, wo das Gegengift zu finden war.»
Wir wußten, wußten, wußten... Aber den Menschen hatten sie kein Wort gesagt!
Da lag Dec wach bis zum Morgen und fühlte sich miserabel.

Duell mit Asa

Dec zweifelte an Hipp, den er liebte wie einen Bruder. Er zweifelte an den Mumpels überhaupt. In seiner Not ging er zu Asa und sagte: «Ich muß dich sprechen.»
«Ich sehe es», sagte Asa nach einem einzigen Blick. «Gehen wir ein wenig spazieren.»
Als sie zusammen den Strand entlangstapften, fand Dec keinen rechten Anfang.
«Erzähl, was hast du auf dem Herzen?»
«Du hast bestimmt schon in meinem Kopf nachgesehen, was los ist!» gab Dec zurück.
Asa ließ sich nicht aus der Ruhe bringen. «Fällt mir gar nicht ein. Unsereins pflegt anzuklopfen und nur in die Gedanken anderer Leute einzudringen, wenn man willkommen ist. Du mußt selbst bestimmen, was ich wissen darf, und den Rest für dich behalten. Wir Mumpels sind doch keine Spione.»
«Du wirst sicher böse werden.»
«Kaum. Machen wir es doch so: Du sagst ehrlich, was du denkst, ich gebe dir ehrlich Antwort. Und niemand nimmt etwas krumm. Einverstanden?»
Dec nickte. Dann sagte er: «Zuerst will ich wissen, warum ihr euch vor uns Menschen versteckt.»
«Ich werde versuchen, es zu erklären. Aber ich muß dazu etwas ausholen... Gehen wir zunächst einmal ein Stück in die Vergangenheit zurück. Du weißt ja, daß das Leben ursprünglich im Wasser entstanden ist. Später suchten sich die Urwesen auf dem Festland neuen Lebensraum. Die einen blieben auf ebener Erde, andere gruben sich in den Boden ein oder kletterten auf

die Bäume; und einige lernten mit der Zeit sogar fliegen. Je nachdem, wie sich die Arten entwickelten, lernten sie unterschiedliche Dinge. Die Kuh frißt Gras und kennt daher den Geschmacksunterschied zwischen Klee und Sauerampfer, aber sie hat keine Ahnung, aus welcher Windrichtung man seine Beute am besten anschleicht. Das hingegen weiß der Tiger, der jedoch niemals einen Damm fertigbrächte, wie das der Biber tut. Man könnte sagen: Jeder ‹Spezialist› besitzt einen kleinen Scherben vom großen Spiegel des Wissens; doch den ganzen Spiegel hat keiner von ihnen.

Und nun paß auf. Es gibt eine Ausnahme: die Rasse, die direkt von den Urwesen abstammt. Sie allein besitzt die Kraft und die Kenntnisse aller. Hier ist der Spiegel ganz, hier zeigt er das ungetrübte Bild des Wissens. Das ist das intelligenteste Wesen der Erde. Und das ist nicht der Mensch, sondern der Mumpel; auch wenn ich es selber sage.»

Das konnte Dec unmöglich hinnehmen.

«Du irrst. Ich habe in der Schule gelernt, daß wir...»

Doch Asa unterbrach ihn und sagte sehr ernst:

«Es hat keinen Sinn, den Kopf in den Sand zu stecken. Ich habe dir die Wahrheit gesagt. Euer Wissen, so groß es auch ist, besteht nur aus aneinandergeleimten Scherben. Ein Spiegel aber, der nie zerbrochen war, ist um vieles besser. Außerdem waren wir Millionen von Jahren vor euch da und haben uns viel länger und weiter entwickelt.»

«Zweiundzwanzig Sinne und ein kluges Köpfchen», schnaubte Dec. «Wir-Denken und Seherblick und all das. Ich habe es satt, zu hören, was ihr für Superwesen seid.» Dabei trat er wütend gegen einen Holzpflock, der am Strand herumlag.

Asa fuhr unbeirrt fort: «Ganz recht. Kluges Köpfchen, zweiundzwanzig Sinne und Seherblick. Aber vergiß nicht, das ergab sich aus Mangel an Händen. Da die fehlten, mußte alles im Kopf geschehen, verstehst du?»
«Nein, ich verstehe überhaupt nichts mehr! Wenn das stimmt mit diesem Spiegel des Wissens und daß unser Teil nur aus zusammengeleimten Scherben besteht, weshalb versteckt ihr euch vor uns?»
«Um Krieg zu vermeiden.»
«Also aus Angst.»
Da legte Asa sein goldenes Schwanzende auf den Kopf des Jungen und sagte mit großem Nachdruck: «Dec Rotschopf, höre jetzt bitte gut zu. Es wäre für uns eine Kleinigkeit gewesen, die gesamte Menschheit auszurotten. Aber wir haben es nicht getan. Wesen mit Verstand umzubringen ist bei uns ein Verbrechen.»
«Bei uns auch», bemerkte Dec.
«Eben. Warum führt ihr denn dauernd Krieg?»
«Nun ja, mit dem Feind. Aber doch nicht mit euch. Wir fänden euch bestimmt sehr nett.»
«Meinst du? Hast du dir schon überlegt, warum gewöhnliche Leute zum Feind werden können? Wie würden wohl die Menschen reagieren, wenn sie eines Tages merkten, daß sie nicht die einzigen mit Verstand begabten Wesen sind? Daß es Erdbewohner gibt, die sie in mancher Hinsicht weit überflügeln? Würden sie das wirklich dulden, Dec, glaubst du das?»
«Eh ... ich weiß nicht», stotterte Dec.
«Aber ich. Krieg hätte es gegeben, wir hätten uns verteidigen müssen, und es wäre mit der Menschheit aus und vorbei gewesen. Findest du immer noch, wir hätten uns zeigen sollen?»
Da sagte Dec kleinlaut: «Ja, wenn das so ist...»

«Zuerst haben wir euch das Festland überlassen» fuhr Asa fort. «Was habt ihr damit gemacht? Die Luft verpestet, die Natur weitgehend zerstört, den Boden verkleistert mit Städten und Autobahnen. Damit nicht genug: Wir mußten uns zurückziehen in den hintersten Winkel des Ozeans, um einigermaßen sauberes Wasser zu finden. Und dort erreichte uns schließlich die Pest. Du bist dir sicher im klaren: Die kann nicht von selbst entstanden sein. Auch die haben wir euch zu verdanken. Wir konnten nicht fort, wie die Menschen, und bangten um unser Leben.»
Asa hatte sich in Fahrt geredet. Er setzte sich auf einen Stein und starrte vor sich hin, als hätte er Dec vergessen. Der hockte sich neben ihn, blickte ihn scheu von der Seite an und dachte: Er ist böse, aber nicht mit mir. Wie streng er aussieht. Und ich glaube, er ist traurig. Ein trauriger König...
Beide schwiegen. Sie schwiegen lange. Dec ließ gedankenverloren Sand durch die Finger rieseln. Es war ihm gar nicht recht, was die Menschen den Mumpels angetan hatten. Auf der anderen Seite aber mußte er immerfort denken: Und doch ... und doch...
Sehr still war es. Die Wellen plätscherten träge; ihr regelmäßiges Heranrollen kam Dec vor wie der Herzschlag des Meeres. Auf dem Strand bewegte sich gar nichts: der Strand eines unbewohnten Planeten. Dabei hätte es in der Sommerzeit nur so von Badegästen und spielenden Kindern wimmeln müssen.
Dec mußte an ein Kind denken, dem er einmal zugeschaut hatte, wie es jauchzend einen Wasserball herumstieß. Es saß jetzt eingeschlossen auf dem Mond. Da hielt er es nicht mehr länger aus.
«Und doch seid ihr gemein. Ihr habt vom Heilmittel

gegen die Pest gewußt und uns nichts davon gesagt.»
Asa schreckte aus seinem Grübeln auf, doch bevor er etwas erwidern konnte, schrie Dec außer sich mit überschlagender Stimme: «Das hätte euch so gepaßt, wenn wir alle umgekommen wären. Kein Heilmittel für die Barbaren, he?»
Da, es war heraus. Dec erwartete nichts anders, als daß er jetzt auf der Stelle in Grund und Boden gestampft würde.
Asa aber schüttelte bloß den Kopf. «Aber, aber, Dec. Das also hat dich geplagt?»
«Ist doch wohl klar, oder?»
«Ach, was für ein Mißverständnis! Natürlich waren wir wütend wegen der Pest, doch helfen wollten wir trotzdem.»
«Und warum habt ihr nicht? Das kann doch jeder sagen.»
Kaum waren diese Worte aus seinem Mund, als Dec meinte, der Blitz schlage ein. Dabei schaute Asa ihn bloß an – wenn auch mit einem Blick wie ein Laserstrahl.
«Zweifle nie an den Worten eines Mumpels. Die Lüge ist eine Erfindung der Menschen.»
In seiner Wut schaute Dec geradewegs in Asas funkensprühende Augen. Er suchte genau und lange nach Anzeichen von Unehrlichkeit. Endlich nickte er und murmelte: «Ja, du sagst wirklich die Wahrheit. Ich glaube, ich war...»
«...sehr menschlich», stellte Asa fest. Der Laserstrahl verschwand aus seinem Blick, und im Heimgehen erzählte er, wie sie damals die Pest erlebt hatten.
«Wie gesagt, wir wollten euch helfen», so begann er. «Wir waren sogar bereit, unser Geheimnis preiszuge-

ben. Aber die Pest hatte uns von allen Seiten eingeschlossen. Tatenlos mußten wir zusehen, wie eure Raketen in den Himmel verschwanden. Was hätten wir machen sollen? Winken?»
Als sie wieder bei den andern eintrafen, hörte Zoe, worüber sie sprachen, und erzählte die Geschichte zu Ende.
«Mit den Algen haben Asa und Hipp uns gerettet. Du mußt wissen, als wir die Rote Pest sichteten, erkannten wir sofort, daß das Gegenmittel die Carolambosara-Algen waren, aber wir waren eingekreist und konnten nicht zu dem Ort gelangen, wo sie vorkommen. Sie sind äußerst selten. Da sind die beiden durch das verpestete Gebiet geschwommen und haben sie geholt. Sie brachten genug für uns alle mit, und den Rest haben wir dann an andere Meeresbewohner verfüttert. Wenn Asa und Hipp nicht gewesen wären...»
«Sie mußten sich über ganze Strecken unter dem Meeresboden durchbuddeln», sagte Zeno.
«Sie verbrannten die Pest mit ihrem heißen Drachenatem, bis sie selber fast verschmorten», berichtete Nerita.
Und Cilla fügte hinzu: «Als sie zurückkamen, hatten sie keinen Panzer mehr. Die Rote Pest hatte ihn abgefressen.»
Da dachte Dec: Nein, so was von Mut – und ich glaubte, sie seien feige!

Schwarze Schatten

Sereina stand nach ihrer Rettung am Eingang des Tales. Sie sah, wie es grünte und blühte und konnte sich vor Freude nicht fassen. Zugegeben, es war nur ein kleines Stück Land. Ringsum stand ein Wall von hoch aufragenden Felsen, der die Vegetation gegen Sturm und eisige Winde schützte. Er speicherte die Sommerwärme und hielt die Winterkälte fern, so daß hier eine Pflanzenwelt gedieh, wie sie sonst in solcher Höhe undenkbar gewesen wäre. Als die Rote Pest kam, brachte sie es nicht fertig, bis hierher vorzudringen. Trotzdem wäre der Schutz fast umsonst gewesen, denn der Durchgang zum Bergpfad, obwohl schmal, wäre für die Seuche die reinste Heeresstraße gewesen, wenn – ja, wenn nicht eine Steinlawine gerade zur rechten Zeit das offene Loch noch verstopft hätte. Seither steckte sie darin wie der Zapfen in der Flasche und ließ nicht die kleinste Mikrobe durch. Sie hatte damit Sereina das Leben gerettet.
Im Hintergrund des sonnenbeschienenen Tälchens zeichneten sich dünne Wasserfälle vom Steingrau der Klippen ab. Unten vereinigten sie sich zu einem kleinen See, von dem aus ein Bach durch das Tal floß. Sereina sah Äcker, umzäunte Felder; auch ein Wäldchen, Wiesen, Unterholz. Aber wo war das Dorf? Sie spähte angestrengt bis in den hintersten Winkel des Geländes. Aber sie erblickte nur ein einziges Haus.
«Nun ja», murmelte Sereina, «das genügt schließlich auch, wenn es nette Leute sind.»
Sie legte einen Arm um den Hals des Esels und fragte: «Kommst du mit?», denn bei diesen Tieren weiß man

nie. Doch es zeigte sich, daß er wollte, und die Gänse wollten auch. Sereina war müde nach all den Strapazen, und dauernd mußte sie daran denken, was es wohl zum Abendessen gab.

Unterwegs begann sie sich allerdings über die Bewohner des Häuschens zu wundern. Für die Tiere sorgten sie offenbar ausgezeichnet, aber von der Feldarbeit verstanden sie nichts. Alles sah verwahrlost aus. Im Kartoffelacker wuchs kniehoch Unkraut, der Roggen war unregelmäßig angesät, der Hafer daneben so zertrampelt, als hätte der Esel darin gehaust.

«Macht nichts. Den Pflanzen ist es recht so, das kann man deutlich sehen», sagte sich Sereina. Sie zog ein paar Karotten aus dem Boden, sie waren süß und knackig. Unterwegs pflückte sie einen frühen Apfel, genehmigte sich eine Handvoll Erdbeeren und knackte ein paar unreife Haselnüsse. Als sie das freundliche kleine Haus erreichte, war ihr nicht mehr ganz so flau im Magen. Fröhlich rief sie: «Ist jemand da?»

Sofort kam Antwort aus dem Holzschuppen: «Brraver Junge, schöner, lieberrr, brrraaaver Junge.» Es war die krächzende Stimme eines hochbetagten Mannes.

Sereina lief hin und öffnete die Tür, um ihm zu begrüßen. Da hockte ein alter, zerrupfter Rabe auf dem Hackklotz. Nur ein Rabe.

«Ach, ich meinte, es sei jemand hier», bemerkte Sereina.

Der Rabe spreizte die Flügel und plapperte: «Brraaver Jakob, lieberrguterrrschönerrbesterrr, brrraaaaaaver Jakob.»

«Ja, ja, Entschuldigung, Jakob, natürlich bist du wer, und brav bist du auch. Aber wo sind deine Leute?»

«Bbbrraaa-braaaaver Junge», wiederholte der Vogel

mit Nachdruck. Er flog auf und setzte sich auf ihre Schulter.
Beim kleinen Haus angekommen, klopfte Sereina an. Müde, wie sie war, setzte sie sich einen Augenblick auf das Bänkchen vor der Türe und wartete. Der friedliche Garten tat ihr wohl nach den häßlichen Erlebnissen der letzten Tage. Die Rote Pest war nur noch ein Alptraum, den man am besten schnell vergißt.
Seltsam, warum machte niemand auf? Sereina klopfte noch einmal. Immer noch nichts. Sereina beschloß, trotzdem hineinzugehen und drinnen zu warten. Und während die Tiere im Freien blieben, drückte sie die Türklinke nieder und trat ins Haus.
Es bestand aus einem einzigen Raum. Sie stellte den Rucksack ab, wanderte umher und konnte gar nicht sagen, was ihr am besten gefiel: die riesige Feuerstelle mit dem Kochtopf am Haken und den beiden Schaukelstühlen davor (in einem lag eine halbfertige Strickarbeit); oder das Tellerbrett an der Wand mit den baumelnden Tassen; der selbstgewobene Teppich am Boden oder der Holztisch am Fenster, über dem eine Petroleumlampe hing. An der einen Wand stand ein mächtiger, bemalter Schrank. Voller Bewunderung blieb Sereina davor stehen und freute sich an den Abbildungen von Blumen und Kühen, von Männern und Frauen in alter Kleidertracht. Dann entdeckte sie das breite Himmelbett in der Ecke. Es war im gleichen Stil bemalt und schien ihr mit seinen Baumwollvorhängen und der bunten Flickendecke sogar noch schöner.
«Wie gerne würde ich einmal in so einem Bett schlafen», sagte sich Sereina. «Ich wag's, aber nur für einen Augenblick.»
Sie streifte die Schuhe ab, kletterte hinein, zog sich die

Flickendecke über – und wußte nichts mehr von ihren Sorgen.
Als sie erwachte, erschrak sie, sprang aus dem Bett und verließ das Haus, um endlich die Bewohner zu finden und sich für die Gastfreundschaft zu bedanken.
Aus dem Wäldchen vernahm Sereina ein scharfes, schnelles Klopfen.
«Ah, jetzt habe ich sie!» rief sie froh. Wie dumm von ihr, daß sie nicht früher auf die Idee gekommen war, dort nachzuschauen. So schnell die Füße sie trugen, rannte sie zu den Bäumen, und die waren sehr ungewöhnlich für dieses Berggebiet. Weil das Tal so geschützt lag, wuchsen da Arten, die sonst nur in den Niederungen anzutreffen waren. Es gab Haselnußsträucher, wilde Kirschen, Edelkastanien und einen Walnußbaum. Sereina begegnete sogar einem Pfirsichbäumchen voller Früchte.
Es fiel ihr auf, daß im Tal ungewöhnlich viele Vögel hausten. Von überall her ertönte ein Trillern und Pfeifen. Die Lawine hatte den Zugang zum Tal natürlich nur auf dem Landweg abschnitten, und so waren sie eingetroffen, wohl an die hundert Arten, auf der Flucht vor der Pest. Sogar eine Pelikanfamilie war hier gestrandet.
Sereina durchstreifte das ganze Wäldchen und begegnete keiner Seele. Dabei hörte sie nach wie vor das Gehämmer. Und dann, als sie auf der anderen Seite schon fast heraus war, sah sie ihn endlich: einen Specht, der den Baumstamm nach Larven abklopfte...
Stundenlang suchte sie weiter, doch außer ein paar Murmeltieren und Kaninchen, Feldmäusen, Salamandern und Fröschen fand sie nichts. Da endlich dämmerte ihr die traurige Wahrheit.

«Ich verstehe es einfach nicht», jammerte sie. «Wieso haben sie denn nicht wenigstens den Esel mitgenommen, wenn sie schon geflüchtet sind? Wieso ist sein Fell so glänzend und sind die Gänse so fett, wenn niemand für sie sorgt?»
Wie dem auch sei, sie mußte sich etwas zu essen suchen. Mit dem Salatsieb schöpfte sie ein paar Fische aus dem See. Dann holte sie ein Ei bei den Gänsen und fand im Garten Gemüse und Kartoffeln im Überfluß. Doch als Sereina gegessen hatte, überfiel sie wieder die ganze Misere. Kein Mensch da. Sie war allein. Sereina legte den Kopf auf die Arme und weinte. Bei allen Schwierigkeiten unterwegs war ihr nie so bange ums Herz gewesen wie hier in der heimeligen Stube, denn auf der Wanderschaft hatte sie wenigstens gehofft, irgendwo Gesellschaft zu finden. Jetzt war die Hoffnung dahin, ja sogar ihr Glaube an den Horizont ließ sie im Stich. Wer weiß, am Ende war die letzte Rakete schon fort. Dann wäre sie der letzte Mensch auf der Erde. Der letzte. Es überlief sie heiß und kalt.
Draußen ging die Sonne unter. Schwarze Schatten krochen ins Zimmer und schienen in den Ecken auf sie zu lauern. Aber sie wagte nicht aufzustehen und die Lampe anzuzünden. Jetzt sah sie es deutlich, das Dunkel schickte die Pest. Es war gekommen, um sie zu fressen.
Plötzlich hörte sei einen Notschrei, ein wildes Kreischen, das nicht aufhören wollte, bis sie merkte, daß sie es selbst war. Die Schatten. Die Schatten waren geblieben...
Da ertönte von draußen Gegacker und das vertraute Getrappel von Hufen. Jemand lärmte: «Jakob, Jakob!»
Die Türe wurde aufgestoßen, und schon kamen sie alle

herein: zuerst der Esel mit dem Raben auf dem Rücken, dann nacheinander die Gänse. Sie drängten auf Sereina zu und stupften sie, schnauften sie an und machten überhaupt ein großes Getue.
Da lächelte Sereina durch ihre Tränen hindurch und umarmte alle ihre Freunde. Plötzlich hatte sie wieder Mut. Sie zündete die Petrollampe an – und fort waren die grausigen Schatten.

Die Flucht

Sereina hatte wieder Mut gefaßt und ihre Zuversicht zurückgewonnen. Sie lachte sich selbst aus: «Wie ich mich dumm angestellt habe. Hinter dem Horizont ist alles besser, das weiß ich doch. Selbstverständlich gibt es dort Menschen, und die letzte Rakete ist auch noch da.»
Blieb nur das Problem, wie zum Horizont zu kommen war. Denn natürlich sollten alle Tiere mit. Das bedeutete eine gewaltige Menge Reiseproviant, denn die Strecke war weit; unterwegs würden sie bestimmt nichts zu essen finden. Eifrig begann sie, Vorräte zu sammeln.
Sereina brannte darauf, von hier fortzukommen, denn sie befand sich noch immer in ihrem Zeitirrtum. Es hatte sich keiner gefunden, ihr zu sagen, daß sie volle sieben Jahre lang wie tot geschlafen hatte.
Noch vieles andere blieb ihr unbekannt; zum Beispiel, daß ihr grünes Tal die einzige Stelle war, wo es sich

noch leben ließ – abgesehen von einem unbewohnten Miniinselchen im Ozean, das nur deshalb verschont geblieben war, weil ausgelaufenes Öl es zu jener Zeit von allen Seiten umspült hatte, so daß nicht einmal die Pest mehr durchgekommen war.

Da sie dies nicht wußte, grub Sereina eifrig Kartoffeln aus, dörrte Früchte und Gemüse, machte Heu und verpackte es in Ballen, hängte Fische zum Räuchern in den Kamin und sammelte Vogelfutter. Als im Herbst endlich das Getreide reif genug war, ergaben sich Probleme beim Ernten. Die Ähren waren vielerorts vom Esel zertrampelt und von den Vögeln leergepickt worden. Die Sensen und Sicheln waren verrostet und stumpf. Sereina blieb nichts anderes übrig, als die Halme mit dem Brotmesser abzusäbeln. Und als das Korn gewonnen war, zerkleinerte sie es in der hölzernen Kaffeemühle. Auf diese Weise gewann sie ein grobes Mehl, mit dem sie steinharte, flache Brote buk, die nahrhaft und gut haltbar waren. Sereina war stolz auf ihr Werk.

Eines Tages sagte sie zum Esel, den sie Hannibal getauft hatte: «Mir scheint, es ist schon tief im Herbst. Der Nebel will nicht mehr weichen, und es wird immer früher dunkel. Oktober, schätze ich. Höchste Zeit, daß wir uns auf die Beine machen.»

Dabei hatte sie sich ein wenig verschätzt: In Wahrheit war es schon fast November.

Während Sereina die letzten Maiskolben in einen Kissenanzug knöpfte, verkündigte sie befriedigt: «Wir sind so weit. Morgen geht's los. Einverstanden?»

Sie schaute auf die Tiergemeinde, die ihr wie üblich auf Schritt und Tritt nachlief und fügte hinzu: «Also gut, das ist abgemacht... Was sagt ihr? Ihr wollt ein Ab-

schiedsfest? Ich bin viel zu müde zum Feiern. Aber wenn ihr unbedingt darauf beharrt ... also gut dann, meinetwegen.»
Sereina hatte sich angewöhnt, lange Gespräche mit den Tieren zu führen, ganz so, als antworteten sie mit Rede und Vernunft. Mit irgend jemandem muß man schließlich reden, nicht?
Sereina beschloß also, mit ihren Tieren ein Abschiedsfest zu feiern. Es gab Äpfel und Eierkuchen. Sereina brauchte es sich nicht einmal einzubilden, es wurde wirklich lustig. Das lag an Jakob. Sereina hatte ihm nämlich neue Sprechkünste beigebracht. Diesmal begann er mit: «Rröslein. Brrraver Junge Rröööslein.»
Sereina war im Bild: Sie sollte auf der Mundharmonika sein Lieblingslied spielen. Lachend setzte sie sich in den Schaukelstuhl vor dem Feuer und tat ihm den Gefallen. Sofort hüpfte er auf die Stuhllehne, gab ein «Krrraaah» von sich, schloß die Augen und ließ sich durch die Bewegung des Schaukelns hin und her wiegen. Es war ein Spiel, das sie fast täglich spielten.
Sereina kam in Fahrt. Sie gab alle Melodien zum Besten, die sie kannte, und wenn ihr Repertoire zu Ende war, fing sie von vorne an. Heute war Jakob von der Musik so angetan, daß er alles zur gleichen Zeit tat: wiegen und flattern und auf der Stuhllehne hin und her trippeln und augenklappern und an Sereinas Haar zupfen und groß angeben, was für ein Mordskerl er sei. Es fehlte nicht viel, und er wäre vom Stuhl gekippt vor Begeisterung.
«Jakob, du komischer Kauz. Das war mal eine fidele Unterhaltung!», sagte Sereina, die vor Lachen den Backenkrampf bekommen hatte.
Nach dem Fest senkte sich Ruhe über das kleine Haus.

Die Gänse, dicht aneinander gedrängt, hielten den Kopf in den Flügeln versteckt. Friedlich schnaubte der Esel. In der Ecke schlief Sereina in ihrem behaglichen Flickendeckenhimmelbett mit dem Raben zu ihren Füßen. Durch das offene Fenster schienen die Sterne.
Da kamen schwere Wolken herangesegelt und deckten die Sterne zu. Ein ferner Donner, ein kurzer Blitz... Bald war ein Gewitter im Gange. Als Sereina erwachte, schlug das Fenster heftig hin und her. Sie sprang aus dem Bett, um es zu schließen und mußte sich mit aller Kraft dagegenstemmen, so stark blies der Wind. Als es ihr endlich gelungen war, war sie völlig durchnäßt. Sereina kroch wieder unter die Decke. Dort fühlte sie sich sicher.
Doch dann fingen die Gänse wie wild zu gackern an. Sereina hörte sie mit den Flügeln schlagen und fauchen, wie Gänse das tun, wenn sie sich bedroht fühlen. Sie stand zum zweiten Mal auf, machte Licht und ging nachschauen. Die Vögel benahmen sich höchst sonderbar. Verstört liefen sie durcheinander. Als Sereina sie mit einem Lockruf zu beruhigen versuchte, reagierten sie nicht. Als das Wetter sich dann aber legte und die Gänse sich immer noch nicht beruhigen wollten, verlor sie die Geduld: «Was ist bloß in euch gefahren? So gebt doch endlich Frieden, ich will schlafen!»
Doch die Gänse ließen sie nicht schlafen.
Als Sereina am anderen Morgen vor das Häuschen trat, begriff sie endlich. Das halbe Tal war rot.
Wo sich auf der andern Seite des Bachs das Roggenfeld befunden hatte, lag jetzt eine stinkende Pfütze. Der Kartoffelacker war zerflossen. Das schlimmste war, daß auch das Wäldchen schäumte. Kein Vogelruf war mehr zu hören.

Gelähmt vor Entsetzen starrte Sereina auf das grausige Bild. Tränen sprangen ihr in die Augen. Die Vögel, die vielen Vögel, sie alle waren weggeflogen. Und was war geschehen mit den anderen Waldbewohnern, die nicht fliegen konnten? Auch die waren ihre Freunde gewesen. Auf einmal begann sie zu schreien: «Ekelhafte alte Stinkpest! Kannst dich wohl über wehrlose Tiere hermachen, die dir nichts getan haben, he. Hast du noch nicht genug Unheil angerichtet, du widerwärtige Unglücksseuche?»

Doch die Pest scherte sich keinen Deut darum, was da ein kleines Stück Nahrung herumlärmte. Jenseits vom Bach schäumte und knisterte sie ungerührt weiter und schickte als einzige Antwort ihren bestialischen Gestank herüber.

Da stampfte Sereina mit dem Fuß auf und schrie: «Aber uns kriegst du nicht, hörst du, uns nicht!»

Und damit rannte sie zum Schuppen, um in rasender Eile den Auszug aus dem Tal in die Wege zu leiten.

Ein halbflügges Pelikanjunges, das auf dem Fenstersims kauerte, blieb der einzige Flüchtling. Kein Häschen, kein sonstiges Getier traf mehr ein. Ob sich die Waldtiere noch hatten retten können oder umgekommen waren, Sereina wußte es nicht. Fast hoffte sie, es sei mit ihnen aus und vorbei, dann müßten sie wenigstens draußen nicht Hungers sterben. Die Rote Pest leistete immer sehr gründliche Arbeit.

Sereina hatte ihre Vorräte solide verpackt, die Gewichte klug verteilt. Die Tragriemen lagen bereit, aber sie hatte keine Zeit, die Tiere nach den Regeln der Kunst zu beladen. Im Augenblick hielt der schnell strömende Bach die Pest noch auf. Aber es konnte nur eine Sache von Minuten sein. In rasender Eile legte Sereina Hannibal die sperrigsten Säcke auf den Rücken, stopfte sich den Pelikan in die Brusttasche der Windjacke, hängte sich den übervollen Rucksack um, nahm die Körbe, rief Rabe und Gänse herbei – und ab ging es, zum Talausgang.

Dort stand auf der anderen Seite, nur einen Steinwurf entfernt, eine Baumruine. Offensichtlich hatte der Sturm heute nacht ein Ästchen herübergeweht, in dem die Seuche überlebt hatte. Es war ein Wunder, daß das Unglück beim offenen Talausgang nicht früher geschehen war.

In der roten Wüstenei draußen band Sereina die Tiere an einen Felsenspitz an, damit sie ihr nicht zurück ins Tal nachliefen. Sie wollte mit Hannibal noch einmal zurück, um die restlichen Vorräte zu holen. Allerdings ein Wagnis. Aber sie hatte so hart geschuftet, der Horizont war so fern und der Appetit ihrer Schützlinge so groß, daß sie es nicht übers Herz brachte, die kostbare Wegzehrung zurückzulassen.

Hannibal aber, sonst der sanftmütigste aller Esel, bockte. Vergeblich redete sie ihm zu. Er war strikte dagegen.

«Dann eben nicht!» rief Sereina erbost und ging alleine. Wer ihr aber nachtappte, kaum daß sie durch die Talöffnung war, war Hannibal. Gemeinsam trabten sie zum Schuppen. Sereina packte ihn bei der Mähne: «Ich wußte doch, daß du mich nicht im Stich läßt...»

Und dann sagte sie nichts mehr. Die Pest hatte den Bach überwunden. Wie überkochende Konfitüre kroch sie vom Talende her auf das kleine Haus zu. Sereina mußte ihr unbedingt zuvorkommen. Die gefräßige rote Brühe sollte ihre Vorräte nicht kriegen, das hatte sie sich geschworen.

Völlig ausgepumpt erreichte sie den Anbau. In fliegender Eile begann sie den Esel zu beladen, verstaute Pakete, Säcke, Bündel, zurrte Heuballen fest. Aber das geht schlecht, wenn man außer Atem ist und die Hände zittern. Als sie schließlich den Rest in ein altes Tuch warf, es an den vier Ecken faßte und sich über die Schulter schwang, war mehr Zeit vergangen, als sie berechnet hatte. Sie öffnete die Türe – und stieß sie mit der gleichen Bewegung wieder ins Schloß. Die Pest brodelte gegen die Schwelle.
Sereina rannte zum Esel und drückte wimmernd ihr Gesicht in seine Mähne. «Oh Hannibal, was machen wir jetzt? Hilf mir, sag doch was, ich habe Angst.»
Hannibal merkte nur zu gut, daß Schlimmes drohte. Er gab ein langgezogenes «I-aaaah!» von sich und schlug heftig mit dem Huf auf den Boden. Das brachte Sereina auf eine Idee.
«Du meinst, wir müssen unsere Füße isolieren, damit das Dreckzeug nicht herankann. Natürlich, du hast recht.»
Jetzt, da sie wußte, was zu tun war, kehrte Sereinas alte Energie zurück. Sie entdeckte bald ein Paar Stiefel; die konnte sie anziehen. Blieb der Esel. Sie begann im Werkzeugschrank zu wühlen und knüpfte und bohrte und klopfte und improvisierte wild drauflos...
Als sich die ersten Schleimfäden unter der Tür durchschlängelten, standen die beiden bereit. Sereina öffnete und mußte einen Brechreiz unterdrücken, so widerwärtig kam ihr das Zeug vor, das hereinfloß. Sie schlug den Arm um Hannibals Nacken, der wild mit den Augen rollte, und zwang ihn, mitzukommen. Mit äußerster Vorsicht stapften sie durch den rotknisternden Brei am Boden.

Sereina ging in viel zu großen Männerstiefeln. Hannibal, hoch beladen, stelzte höchst ungelenk daher. Sein linkes Hinterbein steckte in einer Kaffeekanne aus blauem Email, das rechte in einer Büchse Insektenvertilgungsmittel, das linke Vorderbein in einer blechernen Stallaterne und das rechte in einem Kohleneimer. Am oberen Rand der «Schuhe» hatte Sereina Löcher gebohrt für die Wäscheleine und die Hosenträger, die sie an Ort und Stelle hielten; und dann hatte sie sie mit Putzwolle und Holzspänen ausgestopft, damit sie möglichst straff saßen und nicht schmerzten.
Um Hannibal besser im Auge zu haben, ließ sie ihn vor sich hergehen und achtete scharf darauf, wo er die Füße hinsetzte. Ein Fehltritt oder auch nur der kleinste Riß in dem merkwürdigen Schuhwerk, und es wäre mit ihm aus gewesen. Also schimpfte Sereina nicht nur mit sich selbst, um sich anzutreiben, sondern sie flötete nebenher in den süßesten Tönen, damit der Esel um Himmelswillen durchhielt:
«Ja, bist ein Lieber. Das machst du prima ... Trottel, paß doch auf! Wenn du auf dem glitschigen Matsch ausrutschst, bist du geliefert ... Nicht ausschlagen, Hannibal. Das Loch in der Kanne ist zu eng, ich weiß, ist ja bald vorüber. Komm, mein Tierchen, komm ... Verdammt, reiß dich zusammen! Werde mir nicht hysterisch, hörst du ... Keine Angst, Hannibal, war ja nicht für dich gemeint ... und noch ein Schritt und noch ein Schritt. So ist es gut, mein Braver...»
Mühsam quälten sie sich vorwärts, den ganzen langen Weg vom Häuschen bis zum Talende. Den letzten niedrigen Steinwall zu überwinden ging fast über ihre Kräfte. Doch endlich erreichten sie die andere Seite, wo die angebundenen Vögel sie erwarteten.

Vorsichtig stieg Sereina aus den Stiefeln. Dann schnitt sie beim Esel die Halterungen durch und streifte Büchse, Stallaterne und Kohleneimer mit ihrem Stock hinunter. Aber die Kaffeekanne saß unverrückbar. Die Öffnung war allzu eng gewesen und das Bein des Esels geschwollen. Verzweifelt überlegte Sereina, wie sie ihm helfen konnte.
Hannibal löste das Problem selbst. Wild vor Schmerz trat er gegen einen Stein. «Kloingg!» machte die Kaffeekanne und flog davon. Frei war der Fuß. Und damit ließen sie das kranke Tal hinter sich und machten sich auf den Weg.

Hannibal muß schwimmen

Sereina schaute zum Gipfel hoch, der sich über ihr gegen das Grau des Himmels abhob. Dort sollten sie hinauf mit Sack und Pack? Beim Anblick des Wegleins, das sich links in die Höhe wand, sank Sereina das Herz. Wahrscheinlich war es früher bloß ein schmaler Geißenpfad gewesen. Jetzt war es nur noch eine kaum wahrnehmbare Spur in der roten Lackschicht. Aber es war ihre einzige Chance, hier fortzukommen.
«Mir gefällt es auch nicht», sprach Sereina zu ihren Gefährten. «Aber wenn es sein muß, muß es sein. Gehen wir lieber gleich, damit wir heute noch möglichst weit kommen.»
Die Karawane setzte sich in Bewegung. Auf dem einge-

trockneten Pestbelag ließ sich zumindest sicher gehen. Er gab den Füßen Halt und federte ein wenig, wie eine Gummimatte.

Tatsächlich erreichten sie die Anhöhe schon am späten Nachmittag – nur daß es nicht die Paßhöhe war, sondern bloß eine Kuppe. Der tatsächliche Übergang war noch einmal so weit und der Anstieg dreimal so steil.

Die erste Nacht schliefen sie eng zusammengekuschelt im Freien, denn hier oben war es kalt. Sereina kroch unter die Gänse, die sie wärmten wie ein Federbett. Je weiter sie anderntags stiegen, desto mühseliger wurde es. Steine, nichts als Steine. Ruckartige Windstöße, die den hochbeladenen Hannibal auf die Seite drückten und den Gänsen zwischen die Federn fuhren. Kälte, Verlassenheit – und die ständige Gefahr, im Geröll einen Fehltritt zu tun...

Als der dritte Tag zu Ende ging, fragte Sereina sich, wie sie die Nacht überstehen würden. Es war so kalt, daß ihr der Atem gefror. Da tauchte weit vorne ein Gebilde auf, das im schwindenden Licht aussah wie ein Dach. Als sie näher kamen, merkte Sereina, daß es eine Steinhütte war. Sie wagte kaum, ihren Augen zu trauen. Vier schützende Wände um sich herum und ein Dach über dem Kopf, welch ein Luxus! Es gab sogar eine Feuerstelle. Das rotzerflossene Zeug daneben war wohl ein Stapel Brennholz gewesen, bevor sich die Pest darüber hergemacht hatte. Aber womöglich brannte es doch? Sereina riß mit ihrem Bergstock einzelne Stücke davon los und schob sie auf den Rost. Tatsächlich brannten sie lichterloh, kaum daß sie ein Zündholz dagegenhielt, und ergaben ein prächtiges Feuer. Nur wärmen tat es kein bißchen.

Wie merkwürdig ist doch alles, was mit der Pest zusammenhängt, dachte Sereina, als sie in die nutzlosen Flammen blickte. Ein Feuer, das nicht wärmt? Je mehr ich von dieser Krankheit sehe, desto weniger verstehe ich. Und so verbrachte sie auch diese Nacht eng an die Gänse gekuschelt, um warm zu haben.
Als sie am andern Morgen gähnend vor die Hütte trat, ging es nirgends mehr hinauf, sondern bloß noch hinunter. Die Hütte stand auf dem höchsten Punkt. Und was das Schönste war: trotz Sereinas Befürchtungen ergab der Abstieg keine Probleme. Von der Hütte weg schlängelte sich ein Weg in ein neues Tal hinunter.
Nach einem langen Marsch machten sie zum letzten Mal Halt im Gebirge. Sereina sah unwillkürlich die üppige Bergwiese vor sich, die hier früher geblüht haben mußte. Der Gedanke bedrückte sie; sie holte die Mundharmonika hervor und suchte Trost bei ihrer Musik.
Unvermittelt hielt sie inne. Was machten die Gänse denn da? Und Hannibal, der närrische Kerl? Sogar Jakob rupfte und zerrte wie wild am Bodenbelag herum. Die fraßen doch nicht etwa die Seuchenkruste?
Mitnichten, es war Gras. Mickrige Hälmchen, zugegeben; aber Gras war es trotzdem, was sich da durch die Risse ans Tageslicht kämpfte. Es war Leben.
Sereina kniete nieder und streichelte es voller Entzükken. Bestimmt waren vereinzelte Samen zur Zeit der Pest von einem Stein oder einer Schicht Erde verdeckt und deshalb verschont geblieben.
Plötzlich rollten Sereina dicke Tränen die Backen herunter, sie weinte vor Glück. Sie umhalste den Esel, nahm die Gänse in die Arme, streichelte den Pelikan und drückte Jakob an sich. «Jetzt wird alles gut.»

Dann begann Sereina, die Pestschicht wegzureißen und legte in ihrer Begeisterung die gesamte Bergwiese frei. Das Gras ergab höchstens ein einziges Maulvoll für den Esel, wenn überhaupt. Trotzdem, es war ein Anfang.
Als sie die Ebene erreichten, war deutlich zu erkennen, daß sich die Erde, wenn auch zögernd, zu erholen begann. Die Tiere schwärmten sofort aus auf der Suche nach Gras, aber Sereina wäre es bald lieber gewesen, es hätte keines gegeben. Das Getrödel wegen der paar Hälmchen verzögerte das ohnehin langsame Reisetempo. Die Vorräte waren fast alle, der Winter stand vor der Tür. Wenn das so weiterging, würden sie überhaupt nicht mehr zum Horizont kommen.
Dieser Horizont nämlich hatte sich bisher als Betrüger erwiesen. Hinter ihm war alles besser, das stand fest. Es war nur die Frage, wo stand er selber? Mit eigenen Augen hatte Sereina ihn damals von der Berghütte aus am Ende der Ebene gesehen. Sie war hingegangen; doch als sie das Ende der Ebene erreichte, war er weg und lockte hinter einem neuen Landstrich. Also hatte sie auch diesen durchquert und den nächsten und wieder einen. Aber immer glitt er davon, sie wußte nicht wie.

Seit sie im Flachland waren, begleitete sie ein kleiner Fluß. Viele Wasserläufe aus dem Gebirge vereinigten sich mit ihm. Und als sie so dahingingen, wurde der Fluß breiter und verlor allmählich seine Wildheit. Genau wie sie schien er dem Horizont zuzustreben.
Da meinte Sereina, daß es sich auf dem Fluß viel schneller und müheloser reisen ließe als auf dem Land.
«Es braucht bloß ein Boot», murmelte sie vor sich hin. «Ein Ruderboot zum Beispiel.»

Im nächsten Dorf ging sie zum Kai und suchte, aber es fand sich kein Ruderboot, auf dem die ganze Gesellschaft Platz fand.

«Hannibal, du wirst schwimmen müssen, aber ich bin nicht sicher, ob du es kannst. Du brauchst einen Schwimmgürtel. Weißt du was? Dort steht der Kirchturm im Gerüst. Holen wir uns ein paar Planken!»

Gesagt, getan. Mit einem soliden Bergseil aus dem Sportgeschäft knüpfte sie die Bretter links und rechts an seinen Flanken fest, das andere Ende befestigte sie am Boot. Da stand er oben auf der Kaimauer, stemmte die Beine in den Boden und rollte die Augen. Aber als Sereina die Taue des Bootes löste, war die Strömung stärker. Schritt um Schritt wurde er näher an den Rand der Kaimauer gezerrt. Auf einmal gab es ein großes Geklatsche und Gespritze.

Hannibal schwamm.

Der verräterische Wasserfall

Zum ersten Mal ging die Reise zügig voran. Zufrieden sah Sereina das Ufer an sich vorbeigleiten. Inzwischen hatten sie fast Zugsgeschwindigkeit erreicht, und das Tempo war ein wenig beängstigend. Plötzlich schlugen die Gänse Alarm. Sie flogen auf und flatterten aufgeregt über Sereinas Kopf. Donner wurde hörbar und erfüllte bald die Luft. Vor ihnen lag ein Sprühregen über dem Strom. Der Fluß schien wie abgeschnitten über einen Rand zu verschwinden. Pfeil-

schnell schoß das kleine Boot auf diesen Rand zu...
Endlich begriff Sereina. «Stop. Stoooop!»
Ein Wasserfall und stoppen? In voller Fahrt kippte das Boot mit dem Esel im Schlepptau vornüber und sauste in einer Wasserwand in die Tiefe. Sereina klammerte sich am Bootrand fest. In ihren Ohren rauschte es, sie bekam keine Luft, drohte zu ersticken ... kam wieder hoch ... und wurde im gleichen Moment durch einen heftigen Aufprall auf den Boden des Bootes geworfen. Wasser heraushustend blieb sie eine Weile liegen, zu benommen, um einen Gedanken zu fassen.
Schließlich rappelte sie sich auf. Der Kahn saß fest. Sein Bug war eingekeilt zwischen zwei Felsspitzen, die aus dem Wasser ragten. In der Nähe schwammen die Gänse und der kleine Pelikan, als sei nichts geschehen. Mitten in der Gischt, auf einem der Steine, stand ein arg zerrupfter Jakob und krächzte.
Verdattert schaute Sereina um sich. Wer schrie da so erbärmlich, doch nicht etwa Hannibal? Sie konnte ihn nirgends entdecken. Das Bergseil führte um den Felsen herum flußabwärts. Von dorther schien auch der Klagelaut zu kommen.
Sereina kletterte auf den glitschigen Gesteinsbrocken und schaute auf der anderen Seite hinunter. Da war er und schrie wie am Spieß. Das wild schäumende Gewässer ließ ihn wie einen Korkzapfen auf und ab tanzen.
«Warte, ich helfe dir!» Aber um ihn zu erreichen, mußte Sereina ihr Boot freibekommen. Sie besaß nur noch ein Ruder, mit dem sie gegen das Gestein stieß. Obwohl sie mit Händen und Füßen nachhalf, kam sie nicht gegen den Druck der nachstoßenden Wassermassen auf; das Boot ließ sich keinen Zentimeter vom Fleck bringen.

Inzwischen scheuerte das Seil, das den Kahn um die Ecke mit dem Esel verband, unablässig an der Felsenkante. Sereina sah, wie es immer mehr zerfaserte. Sie streckte sich aus dem Boot, so weit es ging, um es zu packen, aber ihre Arme waren einfach zu kurz. Auf einmal machte es «Knupps», und sofort verlor sich Hannibals Gejammer. Aufs neue zog sich Sereina an dem Felsen hoch und mußte mitansehen, wie er abgetrieben wurde.

Es dauerte eine Weile, bis Sereina ihr Boot wieder flott bekam und es ausgeschöpft hatte. Wenigstens hatte es kein Leck. Sie brachte das Kunststück fertig, mit dem einzigen ihr verbliebenen Ruder eine Ortschaft am rechten Ufer zu erreichen. Sie rannte den Kai entlang und begutachtete die vertauten Flußboote. Sie mußte Hannibal so rasch wie möglich einholen, er brauchte dringend Hilfe. Diesmal war Sereina sogar bereit, sich an ein Motorboot zu wagen.

Sie entschied sich für einen flach im Wasser liegenden Lastkahn, der dem Kohlentransport diente, ein Monstrum – aber vertrauenerweckend solide, und mit einer Seilwinde an Bord. Sereina hatte zwar keine Ahnung, wie man sie bediente, doch hantierte und hebelte sie so lange daran herum, bis sie den Trick heraus hatte.

Dann tat sie einen einzigen Blick in den Maschinenraum und machte die Türe schnell wieder zu. Dieses schlafende Metallungeheuer mit seinen öltriefenden Kolbenarmen sollte sie zum Leben erwecken? Das sollte ihr gehorchen? Sereina hatte starke Bedenken. Aber Hannibal konnte nicht warten. In der Kajüte hingen eine Bedienungsanleitung und eine Flußkarte über dem Steuerrad. Das mußte genügen.

Es war ein armseliges bißchen Reisegepäck, was Se-

reina an Bord brachte. Von dem wenigen, was sie noch an Proviant besaß, war beim Wasserfall ein Teil über Bord gegangen. Der Rest würde etwa für zwei, drei Tage reichen – bei ganz schmalen Portionen.
Obschon Sereina die Gebrauchsanweisung gelesen hatte, verstand sie höchstens ein Zehntel davon. Wenigstens dämmerte ihr, wie man den Motor anließ. Es gelang ihr, und sie fuhr los.
Kohlenkähne sind die bravsten und geduldigsten Schiffe, die es gibt. Sie lassen sich zur Not auch von Kindern bedienen, sogar von Anfängern wie Sereina. Doch der Fluß wartet einem auf mit Untiefen und Strudeln.
Bis Sereina heraushatte, was all die Zeichen, Farben und Abkürzungen auf der Flußkarte bedeuteten, machte sie alle Fehler, die ein angehender Schiffer nur machen kann. Indessen lernte sie schnell dazu.
Nicht lange dauerte es, und es wäre sogar ganz lustig gewesen, wenn sie sich nicht so sehr um Hannibal gesorgt hätte. Stunden waren vergangen, seit er den Fluß hinuntergetrieben war und sie ihn aus den Augen verloren hatte. Sereina begann sich zu wundern, daß sie ihn noch immer nicht entdeckt hatte. Ihr schien, als müßte sie ihn allmählich eingeholt haben. In diesem Augenblick kamen ein paar Gänse aus der Luft herunter. Die eine zupfte einen Schnabelvoll Heu aus dem Häuflein, das am Deck zum Trocknen ausgebreitet lag, die andere flog mit einer Rübe ab. Sereina war empört. Diese Vögel! Futter zu stehlen, das sie gar nicht mochten – oder war es am Ende für Hannibal, hatten sie ihn gefunden? Immer mehr Gänse trafen ein und schnatterten mit großer Dringlichkeit, als wollten sie sagen: «Beeil dich, Sereina. Komm!»
Da zögerte Sereina nicht länger und fuhr den Gänsen

nach. Schließlich gelangte sie zu einer Stelle, an der ein unbedeutender kleiner Seitenarm in den Hauptfluß einmündete. Dort kreisten Sereinas Gänse über einem mit Schlamm verstopften Wehr. Etwas Graues lag halb über, halb unter etwas Treibholz, das sich im Rechen verhakt hatte. Zuerst hielt sie es für ein Stück Teerpappe und wollte vorbeifahren. Dann bemerkte sie das Heu und eine Rübe, die dort im Wasser trieben. Sie bückte sich, schaute genauer hin... Es war Hannibal.

Auf den ersten Blick sah es aus, als ob jede Hilfe zu spät käme. Der graue Eselskörper war vom vielen Wasser aufgeschwemmt. Die Augen blickten leblos. Der Kopf hing schwer über dem Treibholz, das zum Glück verhinderte, daß er ganz ins Wasser rutschte. Als Sereina auf den Rand des Bootes kniete, um ihn zu streicheln, reagierte er nicht.

Da verlor Sereina keine Minute. Wie gut, daß sie an den Kabelzug gedacht hatte! Sie nahm eine Blache aus Segeltuch vom Deck und ließ sich damit ins Wasser gleiten, ohne dabei an sich selbst zu denken. Dabei konnte Sereina nicht einmal schwimmen.

Sie zog den Stoff unter Hannibals Bauch hindurch und hängte die vier Ecken in den Kabelhaken. Wieder zurück an Bord, kurbelte sie die triefende Gestalt langsam hoch. Aber Hannibal hing immer noch über dem Wasser, denn es gelang Sereina trotz allem Drehen nicht, das Gestell zu schwenken. Zuerst meinte sie, es sei ein Zahnrad zerbrochen. Aber es war wohl nur Rost, denn als sie mit dem Bootshaken nachhalf, kam schließlich Bewegung in den Kabelzug. Nach mühseligem Stoßen und Zerren brachte sie das Eselsbündel in die richtige Position, um es aufs Deck herunterzulassen.

Als Hannibal endlich inmitten einer Pfütze an Deck lag, rannte Sereina nach Tüchern, um ihn trockenzureiben. Sie fand leere Kohlensäcke und ein paar Scheuerlappen und striegelte und ribbelte so lange, bis der Patient ein schwaches «I..i-i..» von sich gab. Sereina strahlte: «Siehst du, es geht dir schon viel besser!»
Leider erwies sich das als Irrtum. Hannibal hatte ein Bein gebrochen, als er beim Wasserfall auf den Felsen prallte, und er war stark unterkühlt, weil er so lange im kalten Wasser gelegen hatte. Er hustete sich fast die Lungen aus dem Leib, mochte nicht fressen und schien hohes Fieber zu haben.
Sereina tat, was sie nur konnte. Sie schiente das Bein mit dem Flaggenmast und schleppte alles Mögliche herbei, um ihn zuzudecken: ihren Schlafsack, Wolldecken aus der Koje, eine alte Fußmatte und sogar die Vorhänge aus der Kajüte. Selbst die Gänse scharten sich um Hannibal und gaben ihm warm. Trotzdem schien sich sein Zustand zu verschlechtern.
Zu allem Unglück schlug am andern Tag das Wetter um. Es wurde kalt und neblig; die Feuchtigkeit drang einem bis in die Knochen. Der Kohlenstaub auf dem Deck lag voller Tröpfchen. Als Nieselregen einsetzte, ließ Sereina Hannibal mit der Seilwinde in den Laderaum hinunter, damit er wenigstens trocken blieb. Da lag er nun in pechschwarzer Finsternis zwischen den Kohlen. Die Luke hatte Sereina zum Schutz gegen die Niederschläge geschlossen.
Inzwischen stand es auch um die restliche Schiffsbesatzung mehr als bedenklich. Sie besaßen noch soviel Heu, als in einer Einkaufstasche Platz findet, eine Handvoll Körner, zwei Scheiben verschimmeltes Brot, sieben verschrumpelte Rüben, eine Dörrpflaume und

drei Haselnüsse. Das reichte nicht einmal aus für eine einzige Mahlzeit. Und natürlich legten die Gänse bei dem kargen Futter auch keine Eier mehr. Den Horizont würden sie nie mehr erreichen.
«Der hat uns all die Zeit zum Narren gehalten», stellte Sereina erbittert fest. «Und jetzt, da wir erledigt sind, versteckt er sich im Nebel und zeigt sich nicht einmal mehr. Wie kann man nur so niederträchtig sein.»
Wie um das Maß voll zu machen, begann es am Nachmittag zu schneien. In kürzester Zeit lag die Landschaft weiß bepudert da. Der Winter hatte Einzug gehalten.
An diesem Abend verteilte Sereina die allerletzten Körner. Die Rüben behielt sie für Hannibal. Für sie selber blieb nur die Dörrpflaume.
Es schneite die ganze Nacht hindurch. Das ewige Rot war unter der Schneedecke zwar verschwunden, aber auch das bißchen Grün, das eben erst so mühsam zu wachsen begonnen hatte. Die Gänse flogen nicht mehr an Land. Sie kauerten auf dem Deck und hatten Hunger. Über ihnen hingen die dunkelgrauen Wolken so tief, daß man sie fast pflücken konnte. Der Fluß erschien düster und bedrohlich. Alle froren.
Drei Tage später durchpflügte der Kahn immer noch die trostlose Flußlandschaft. Keine Sonne. Und ganz entsetzlicher Hunger. Die Gänse schnappten nach einander, als wollten sie sich gegenseitig auffressen. Jakob ließ die Flügel hängen und brütete auf dem Barometer hockend trübselig vor sich hin. Sereina war es so schwindlig, daß sie sich beim Gehen festhalten mußte, um nicht zu fallen. Nur Hannibal in seinem Kohlenloch brauchte keine Nahrung mehr. Er lag im Sterben. Sereina konnte nicht einmal bei ihm bleiben. Sie stand

auf dem Posten und steuerte – steuerte immer noch und holte aus dem Boot heraus, was es nur hergeben wollte. Sie hatte keine Hoffnung mehr und machte trotzdem weiter, mit einem verbissenen Überlebenswillen, den sie selber kaum verstand. Dabei hatte sie keine Ahnung, wo sie sich befand. Sie hatte die Orientierung verloren, als vor drei Tagen der erste Schneefall die Umrisse unkenntlich machte. Tauchte ein Hindernis auf, drehten ihre klammen Finger das Steuerrad automatisch. In ihren Ohren sauste es, ihr war ganz leicht im Kopf. Das einzige, was sie noch fühlen konnte, war Hunger.

Auf einmal begannen aus dem Schneegewirbel Lagerhäuser aufzutauchen; Schiffe, Kräne, Güterstapel, Trockendocks glitten vorüber. Sereina hatte die große Hafenstadt an der Küste erreicht. Doch ihr war so flau und elend, daß sie gar nicht mehr recht begriff, was sie eigentlich sah. Sie schwankte auf den Beinen. Obwohl sie den Schiffen automatisch auswich, nahm sie sie nur noch nebelhaft wahr. Nach einiger Zeit schüttelte sie benommen den Kopf und murmelte: «Wie komme ich bloß auf Schiffe, hab wohl geträumt. Da ist nur Wasser ... soviel Wass...» Dann wurde sie ohnmächtig.

Steuerlos tuckerte der Kohlenkahn in den Ozean hinaus.

Onkels Porträt
und wozu ein Banksafe gut ist

Inzwischen führte Dec bei den Mumpels ein wahres Prinzenleben. In Gesprächen mit den «Menschendrachen», wie er sie gerne nannte, ging ihm eine neue Welt auf. Die alltäglichsten Dinge bekamen ein anderes Gesicht, als er sie durch die Augen der Mumpels zu sehen begann. Das, worüber er sich früher aufgeregt hatte, schien heute kaum der Rede wert; was kaum der Rede wert gewesen war, bekam auf einmal Bedeutung. Und in dem Maß, wie sich alles gegeneinander verschob, wurde es plötzlich einfach und richtig.
Die Mumpels ihrerseits benutzten die Gelegenheit, ihn über die Menschen auszufragen. Sie wollten beispielsweise wissen, weshalb es Arme und Reiche gebe, obwohl doch genügend für alle da sei. Und weshalb immer wieder Krieg ausbreche, obschon sich sicher niemand nach einem vorzeitigen Tod sehne.
Derartige Grübeleien waren Dec zuwider, und die Antwort kannte er noch weniger als die Mumpels. Hingegen wußte er ganz gut Bescheid bei Fragen wie: Worin liegt der Reiz von superschnellen Autos? Was ist schön an Pop-Musik? Weshalb ist Mode wichtig? Wie fühlt sich das Kitzeln an? Und was, bitte schön, ist der tiefere Sinn von Weltrekorden?
Manchmal mußte Dec über die Ansichten der Mumpels lachen. So konnten sie aus dem Häuschen geraten über ein Taschentuch mit Spitzenbordüre, wegen der Geschicklichkeit, die dahinter steckte. Aus demselben Grund wollten sie immer wieder die Musikplatten mit Solostücken hören. Hingegen ließ sie die kühne Kon-

struktion einer modernen Brücke völlig kalt. Das sei nur eine Sache von etwas Mathematik, sagten sie, nichts Besonderes. Wenn schon, liege die Leistung bei den Handlangern, die das Kunststück fertigbrachten, die Schrauben einzudrehen.

Wenn sie fremde Städte besuchten, wollten die Mumpels immer ins Museum. Schon früher, als es noch Menschen gegeben hatte, hatten sie sich oft eingeschmuggelt. Aber, wie Asa schmunzelnd sagte: «Es ist ein Unterschied, ob du als Kleiderständer voller Mäntel und Hüte bei der Garderobe stehst, oder ob du die Sache in eigener Gestalt und in aller Ruhe anschauen kannst.»

«Manchmal ließen wir uns nach der Öffnungszeit einsperren und machten unseren Rundgang, nachdem wir den Nachtwächter mit Du-Denken eingeschläfert hatten», berichtete Zoe. «Aber natürlich drückten wir dann seine Stechuhr, damit er nicht in Schwierigkeiten geriet.»

«Die Stechuhr habt ihr gedrückt? Womit denn, wenn ich fragen darf?»

Zoe lachte: «Mit der Pfote natürlich nicht. Wir taten es mit der Zunge.»

Die Mumpels liebten auch das Kino. Sie suchten sich die besten Filme aus, die Dec dann mit Hilfe eines Dynamos ablaufen ließ. Auf diese Weise erfuhren sie, wie die Menschen sich selber sehen und lernten ihre Ängste und Träume kennen.

Oft allerdings bummelten sie nur ein bißchen in Pottinghill herum und schauten sich die Läden an. Dec forderte sie auf, zu nehmen, was ihnen gefiel, aber Besitz bedeutete den Mumpels nichts. Ihnen ging es ums Verstehen, nicht ums Haben. Es kam ihnen drollig

vor, daß ein Mensch hunderterlei Gegenstände braucht, um sich komplett zu fühlen.
Eines Tages meinte Asa: «Ich hätte Lust, einmal in der Buchhandlung herumzustöbern. Diese Läden mag ich besonders gern und war manchmal als Versandkiste dort.»
«Gut», sagte Dec, «gehen wir hin. Ich werde dir die Seiten umblättern.» Hipp kam ebenfalls mit.
Der Bücherladen war abgeschlossen. Asa hob die Tür aus den Angeln, lehnte sie vorsichtig gegen die Wand, damit sie keinen Schaden nahm, und sie betraten das Geschäft.
«Soll es etwas über das Meer sein?» erkundigte sich Dec.
«Darüber kann dein Volk mich gewiß nichts lehren. Aber wie wäre es mit dem dicken Fachbuch dort, über *Elektro-chemisch-analytische Aerodynamiktheorie*?»
«Jemine, kennst du dich darin aus?»
Asa schmunzelte ein wenig: «Ich kenne mich aus, gewiß. Nur bin ich offen gestanden neugierig, was ihr Menschen euch für eine Theorie zurechtgelegt habt.»
Dec tat ihm den Gefallen und brachte den Band. Aber im Stillen dachte er bei sich: Das kann ja heiter werden. Es dauert bestimmt entsetzlich lange, bis ich jeweils umblättern kann...
Doch weit gefehlt. Er kam mit dem Blättern fast nicht nach. Der Mumpelvater las eine aufgeschlagene Doppelseite ebenso schnell, wie es für einen Fotoapparat braucht, um «Klick» zu machen. Nach einer halben Stunde war er am Ende des Bandes angelangt.
«Aber das kannst du doch unmöglich gelesen haben», protestierte Dec.
«Gewiß doch.»

«Und kapiert?»
«Was ist schon dabei, es handelt sich nur um Naturgesetze. Zugegeben, bei euch ist die Physik eine Wissenschaft, die ihr nur im harten Studium erlernen könnt. Uns liegt sie sozusagen im Blut.»
«Und wieso kannst du so schnell lesen?»
«Das liegt an unserer Art der Wahrnehmung. Wenn wir etwas anschauen, ist das mehr als eine bloße Sinneswahrnehmung. Es ist gleichzeitig das Erkennen, wie etwas in Wahrheit *ist*. Sehen und Verstehen ist bei uns das gleiche.»
«Du meinst, was die chemische Zusammensetzung der Dinge betrifft?»
«Unter anderem, ja. Aber genauso erfassen wir mit einem Blick den Zustand von Körper und Seele, die Harmonie der Dinge, den Lauf der Sterne – oder auch eine Buchseite, wie in diesem Fall.»
«Man könnte glatt neidisch werden», sagte Dec. Und dann hatte er ein sogenanntes «Aha-Erlebnis».
Neidisch, so überlegte er, das ist es! Der Grund, weshalb die Menschen die Mumpels sofort bekämpft hätten. Wären sie Tiere oder Engel, das ginge – aber als Gleichberechtigte neben uns... Wir würden es ihnen übelnehmen, daß sie mehr können als wir. Klar, es ist zum Wütendwerden, wenn einem anderen etwas mühelos gelingt, was einem selbst soviel Arbeit macht oder überhaupt unmöglich ist. Warum findet man eigentlich oft seine eigenen Fähigkeiten so gewöhnlich und die des anderen so großartig? Genaugenommen sind die Mumpels ebenso mumpelisch, wie wir menschlich sind. Sie haben das, was wir nicht haben, und wir haben das, was ihnen fehlt. Gegenseitig ergänzen wir uns.
«Fertig mit deinen Betrachtungen?» fragte Asa.

Dec lachte ihn an. «Jawohl», bestätigte er. Und sie begannen gerade einen weiteren Band, als Hipp von der Antiquariatsabteilung herüberschrie: «He, kommt schnell! Hier ist ein Bild vom verrückten Ururonkel mit seinem Ritter.»

Er deutete auf ein Buch mit Legenden aus dem Mittelalter. Eine Illustration zeigte ein Ungeheuer, ein schauerliches Biest in Mammutgröße. Sein grün beschuppter Körper schien aus allerlei Tiersorten zusammengesetzt. Der Schwanz endete in einem goldenen Dreieck, das Gesicht glich dem eines Menschen. Kein Zweifel, es handelte sich um einen Mumpel.

«Der alte Knacker, wie er leibt und lebt», murmelte Asa ergriffen. Dabei konnte von Leben nicht mehr groß die Rede sein. Ein Ritter hoch zu Roß hatte den Onkel soeben aufgespießt, offensichtlich als Strafe dafür, daß er eine Prinzessin entführen wollte, die weinend im Hintergrund stand. «Sankt Georg mit dem Drachen» stand als Titel über dem Bild.

«Na ja, das ist natürlich ein bißchen übertrieben gezeichnet, aber sonst ganz gut getroffen», bemerkte Asa. «Unser Onkel trieb es damals wirklich bunt, er war das schwarze Schaf der Familie und wollte mit uns nichts zu tun haben. Einsam stampfte er durch die Welt und belästigte die Menschen, die er nun einmal nicht ausstehen konnte.»

«Was hat er ihnen denn angetan?» wollte Dec wissen.

«Ich weiß es nicht genau. Er ließ keinen Verwandten in seinen Kopf hinein. Erst als er tödlich verwundet auf der Erde lag, sandte er einen Notschrei an seinen Bruder, meinen Urgroßvater. Dieser eilte im Geiste hin und kam noch rechtzeitig, um dem Onkel beizustehen, als er den Gnadenstoß erhielt. Mir tut es jetzt noch

weh, wenn ich daran denke.»
In diesem Augenblick traten fröhlich schwatzend die anderen Mumpels ein, die sich im Städtchen herumgetrieben hatten. Wassertropfen hingen an ihren Schuppen; es regnete. Doch bald klärte sich der Himmel auf. Asa hängte die Tür wieder ein, und man begab sich auf den Heimweg. Damit es schneller ging, nahm Hipp Freund Dec auf die Schulter.
Die Straßen waren voller Pfützen. Dampfend lagen die Pflastersteine in der Sonne. Wo die Mumpels gingen, wirbelte jeder ihrer schnellen Schritte einen goldenen Sprühregen auf.
Sie waren in schönster Fahrt, als plötzlich alle wie ein Mann eine Kehrtwendung machten, in ein Seitengäßchen einschwenkten und stehenblieben. Dec, der oben auf Hipps Schultern gar nicht auf den Gesichtsausdruck der Mumpels achtete, plauderte fröhlich weiter. Im gleichen Augenblick ließ ihn der Mumpeljunge zu Boden rutschen und zischte: «Willst du wohl still sein!» Gleich darauf entschuldigte er sich. «Verzeihung, du hast es natürlich nicht vernommen. Vater sagte es telepathisch.»
«Was denn?» fragte Dec, der keine Ahnung hatte, was los war.
«Er hat in der Ferne jemanden gehen sehen. Jetzt ist er hinterher, als Bushaltestelle. Augenblick, ich schaue mal nach, wie es steht.»
Hipp nahm den gleichen abwesenden Blick an wie die andern, und berichtete kurz darauf: «Die Gestalt geht aufrecht und kommt direkt auf uns zu. Sie ist noch weit weg, so daß sich nicht erkennen läßt, worum es sich handelt. Jedenfalls kann es kein Mumpel sein, und wahrscheinlich auch kein Mensch. Seine Strahlung ist

ganz eigenartig.» Und weg war er, wieder auf Ausguck. Diesmal dauerte es länger. Dec kannte die Symptome und wartete geduldig, bis Hipps Gesicht wieder Leben zeigte.
«Es bewegt sich auf Raupenrädern», verkündete er. «Also handelt es sich um eine Maschine. Sie ist ausgerüstet mit Radar, Antenne, Computer, Radiosender... Vater kommt zurück. Es ist ein Roboter, sagt er.»
Eine Minute später kam der Mumpel ins Gäßchen gerannt. «Schöne Bescherung. Offenbar haben die Menschen ihn vor dem Abflug als Beobachter eingesetzt. Er ist darauf programmiert, alles Mögliche zu testen. Vor allem, ob es hier noch Leben gibt. Seine Resultate funkt er zum Mond hinauf. Stellt euch vor, er entdeckt uns! Wir wären verraten.»
Decs Augen begannen zu glänzen. «Mich darf er ruhig verraten. Jetzt kann ich endlich meinen Leuten mitteilen, daß es mir gut geht. Juhui!» Und er wollte losrennen, um dem Roboter auf die Schulter zu klopfen.
«Halt, dageblieben», befahl Asa und erwischte ihn mit einem Tatzennagel am Gürtel. «Bist du nicht bei Trost? Gerade dich darf er am allerwenigsten entdecken.»
«Wieso, ich will nur meinen Vater und Peggysimon beruhigen. Euch lasse ich natürlich aus dem Spiel.»
«Junge, gebrauche deinen Verstand. Was glaubst du wohl, was geschieht, wenn dort oben bekannt wird, daß du gesund und munter auf der Erde herumspazierst?»
«Nun ... sie werden sich freuen.»
«Und den Schluß ziehen, daß die Erde wieder bewohnbar ist. Zurückkommen werden sie, und zwar Hals über Kopf, denn lustig haben sie es in ihrem Exil gewiß nicht. In einer Woche stünde die Menschheit wieder

da, und das dürfte ihr schlecht bekommen. Hast du die Rote Pest vergessen?»

«Die ist doch fast erloschen.»

«Schon – weil sie an ihrer eigenen Gefräßigkeit zugrunde geht. Aber gib ihr neue Nahrung...»

«Und eure Algen mit dem Gegengift?»

«Reichen höchstens für zehn, zwölf Personen.»

«Du meinst also...»

«Ich weiß es, Decimus. Wenn du diesem Roboter auch nur deine Nasenspitze zeigst, ist die ganze Anstrengung mit dem Mond umsonst gewesen. Dann ist es endgültig aus mit euch.»

Dec seufzte tief. Keine Nachricht also...

Dicht aneinandergedrängt, berieten die Mumpels, wie sie den Roboter unschädlich machen sollten. Offensichtlich war er kugel-, wasser-, feuer-, säure- und dazu noch schockfest. Sie waren noch nicht zu einem Schluß gekommen, als Hipp, der als Aufpasser um die Ecke schielte, seinen Kopf zurückzog und wisperte: «Er kommt!»

Sofort duckten sich alle in die dunkelsten Schatten und Nischen. Und es dauerte nicht lange, da erschien auf der sonnenbeschienenen Straße ein Metallkasten und zuckelte am Gassenausgang entlang. Ruckartig und unter beträchtlichem Gerumpel bewegte er sich auf seinen Raupen vorwärts. Er schien bis unter die Antennen mit Instrumenten vollgestopft zu sein. Zuoberst drehte sich langsam ein kleiner Radarschirm.

Der Roboter stand still. Leise begann er zu surren. Lämpchen glühten auf. Ein Leuchtstift schien auf und ab hüpfend etwas aufzuzeichnen. Fast war es, als ob er lauschte. Waren sie entdeckt? Gottlob, nein, er rasselte weiter.

Schon wollten sie aufatmen, als er wieder zurückgerasselt kam. Da stand er aufs neue in der Gassenöffnung – ein schwarzes, metallisches Unding, das nie von einer Spur abließ, wenn es einmal daraufgestoßen war. Den Anwesenden war klar: Wenn sie verhüten wollten, daß es ihre Daten aufnahm und an die Menschheit weitergab, würden sie keine ruhige Minute mehr haben. Denn natürlich war es mit diesem Exemplar nicht getan, das übermittelte die Daten auch allen andern Robotern. Rund um die Erde würden die Maschinenmänner sie verfolgen...

Da sah Dec rot. Er haßte den Blechkerl, dieses seelenlose Technikmonster, das eine tödliche Gefahr bedeutete für seine Angehörigen und seine Freunde. Die Wut gab Dec Kraft und eine sichere Hand.

Er ergriff den Abfallkübel, hinter dem er kauerte, öffnete den Deckel und stülpte den Behälter dem Roboter mit voller Wucht über den Kopf. Da, das saß.

Sofort begann es drinnen zu pochen, zu ticken und zu klapperrasseln. Es hörte sich an, als geriete die Maschine in Panik. Jedenfalls war sie außer Gefecht. Die Haube aus Eisenblech verhinderte jede Wahrnehmung.

Fröhlich Grimassen schneidend, sicherheitshalber aber schweigend und mit unhörbarem Schritt, führten sie ihren Gefangenen ins Bankgebäude und schlossen ihn in einen stählernen Geldschrank. Mochte er von dort aus ruhig die Daten seines Kübels weiterfunken, wenn ihm das Spaß machte. Ihnen war das herzlich gleichgültig.

Dec war der Held des Tages.

Der Georgshügel

Dec lag im Schlafsack am Strand als Drachenblumenblatt, guckte zu den funkelnden Sternen hoch und dachte: So, so, die Mumpels hatten einen bösen Onkel. Habe gar nicht gewußt, daß auch ein Mumpel schlecht sein kann. Aber wie eigenartig hat Asa erzählt! Ganz so, als ob er die Schmerzen am eigenen Leib erfahren hätte. Dabei war er noch gar nicht geboren, als sein Onkel getötet wurde...
Als er und Hipp sich anderntags draußen im Meer auf einer Sandbank sonnten, kam Dec darauf zu sprechen.
«Gestern sagte dein Vater, der Gnadenstoß eures Onkels täte ihm jetzt noch weh, wenn er daran denke. Das verstehe ich nicht. Die Sache passierte doch seinem Urgroßvater, er selber war noch gar nicht auf der Welt. Wie kann er sich denn daran erinnern?»
«Oh, das kann ich auch», lachte Hipp. «Hat dir noch niemand erzählt, wie unser Gedächtnis funktioniert?»
Dec schüttelte den Kopf. «Etwa gleich wie bei uns, nehme ich an.»
«An sich schon, aber es ist viel älter. Bei euch Menschen muß jeder seine eigenen Erinnerungen erwerben. Bei uns ist das Gedächtnis erblich. Es reicht zurück bis zum Anfang unseres Geschlechts.»
«So weit könnt ihr zurückdenken? Dann glaube ich gern, daß dein Vater sich an Sankt Georg erinnert.»
«Und zwar so deutlich, als wäre er persönlich dabeigewesen. So ist es auch bei mir und allen meinen Geschwistern. Wir Mumpels können auf das Wissen unserer Vorgänger aufbauen. Praktisch, nicht?»
«Aber ich finde es auch ganz gut, wenn jeder neu

anfangen muß, wie bei uns. Ich wenigstens komme gern selber auf Ideen und mache meine eigenen Überlegungen. Für euch ist jede Situation schon einmal dagewesen. Nicht gerade spannend, scheint mir.»
«Auch wieder wahr», meinte Hipp. «Für die Wissenschaft ist unsere Methode gut, hingegen weniger für die Phantasie. Vielleicht fällt es uns darum so schwer, Pläne zu machen und in die Zukunft zu blicken. Wir sind wohl allzusehr auf die Vergangenheit ausgerichtet.»
«Und wir zu wenig», bemerkte Dec. «Auf dem Kirchenfenster in Pottinghill hat dein Onkel gar nichts mehr von einem Mumpel, sondern ist eine Art warzige Schlange mit Krokodilsfratze. Jedenfalls hat Georg also tatsächlich gelebt. Unser Lehrer behauptete immer, er sei eine Sagengestalt – vom Drachen gar nicht zu reden.»
«Dabei hat sich die Sache hier in der Nähe zugetragen. Wenn du willst, zeige ich dir den Ort.»
Der Georgshügel war ein nicht sehr großer, aber schroffer Felsen, der weithin sichtbar in der Landschaft stand. Früher mußte er bewachsen gewesen sein, denn er war bedeckt von totem Gestrüpp und Skelettbäumen im widerlichsten Orange-Violett-Rot. Unter ihren Schritten knirschte und raschelte der verdorrte Pestbelag und zerfiel zu Staub.
Auf der Kuppe stand ein Bauernhof. Hipp zeigte auf eine zerbröckelte Mauer, die hinter dem Schweinestall aufragte. «Hier beginnt die Ruine des ehemaligen Schlosses.»
Am besten waren ein paar Meter der ehemaligen Brustwehr erhalten, die am äußersten Rand der Kuppe den steilen Hang entlang lief.

Hipp zeichnete mit dem Fuß einen Mumpelumriß auf den Boden.
«Hier lag mein Ururgroßonkel, als es ihn erwischte. Genau hier. Kein erfreulicher Anblick, das kann ich dir sagen.»
«Also wenn du mich fragst, hat der Onkel sich stümperhaft benommen. Warum hat er sich denn nicht verwandelt, als er merkte, daß es schiefging?»
«Ehrensache. Kneifen war in der Ritterzeit gegen die Spielregeln.»
«Lieber ließ man sich aufspießen, was? Ich wäre ... nun, vielleicht zur Granitsäule geworden, und Georgs Schwert wäre in tausend Stücke zersprungen.»
Hipp meinte vergnügt: «Was hältst du von einer Wasserpfütze, die vor Georgs Augen in den Boden versikkert wäre? Oder von einem Wölkchen, das vor seiner Nase in die Lüfte verschwunden wäre? Das hätte dieser Mumpel ohne weiteres fertiggebracht, er hatte die verrücktesten Tricks auf Lager. Aber natürlich wäre es auch einfach so gegangen...»
Im Handumdrehen stand an Hipps Stelle ein schmukkes Tannenbäumchen, das im Gegensatz zu den anderen ringsherum gesund und täuschend echt aussah. Dann schwankte es ein wenig... Weg war es, und es stand wieder ein Mumpel da.
Dec applaudierte. Hipp freute sich über den Beifall und geriet in Fahrt: «Ich zeig dir meine Glanznummer!»
Irgend etwas rotierte auf der Brustwehr. Dann stand ein riesiger flacher Weidenkorb da, über und über mit Früchten beladen: Äpfel, Birnen und Kirschen, Bananen, Ananas, Kokosnüsse, Datteln, ein Kürbis, Orangen, Granatäpfel und Melonen, Feigen, Haselnüsse. Am Henkel des Korbes prangte das goldene Schluß-

dreieck. Das alles sah derart frisch und appetitlich aus, daß Dec geschworen hätte, es sei echt.
Er machte einen Schritt darauf zu, um die Gaukelei etwas näher zu betrachten. Dabei übersah er eine herausragende Baumwurzel am Boden. Er stolperte, fuchtelte mit den Armen, um das Gleichgewicht wiederzufinden – und schlug dabei versehentlich gegen den Früchtekorb. Dec versuchte ihn zu packen, bekam ihn auch tatsächlich zu fassen, aber er war zu schwer, er konnte ihn beim besten Willen nicht halten. Der Korb kippte, kam ins Rutschen und war im nächsten Augenblick über die Brüstung verschwunden.
Voller Entsetzen sah Dec, wie er den Hügel hinunterrollte und die Früchte hintendrein. In der nächsten Sekunde warf er seine Jacke hin, um mehr Bewegungsfreiheit zu haben, sprang über die Mauer und rannte hinterher. Als er unten ankam, war von dem Obst nicht mehr viel vorhanden. In einem Baumgerippe hing das Bündel Bananen. Etwas weiter klebten ein paar Datteln im Sand. Ansonsten lag Hipp über den ganzen Abhang hin verstreut.
Dieser Gedanke war abscheulich. In größter Eile begann Dec die Früchte wieder einzusammeln. Er mußte sie vollzählig haben, es durfte nicht eine einzige Kirsche fehlen. Denn konnte es sich nicht gerade dabei um ein Auge handeln, oder ein Stückchen Herz? Dec spähte unter jeden Busch, fühlte in jede Ritze der roten Plastikschicht. Nach und nach sammelte er die meisten Früchte ein. Am Fuß des Hanges entdeckte er schließlich den Weidenkorb. Er trug ihn hinauf und legte seine Funde hinein. Sie bildeten einen ansehnlichen Stapel, doch er schien Dec noch nicht hoch genug.
Er hetzte von neuem los. Seine Kleider zerrissen an

scharfkantigen Steine, er beachtete es nicht. Er fiel hin und schürfte sich das Knie auf, und auch das war ihm egal. Was kümmerte ihn schon ein bißchen Blut. Was scherte ihn seine Müdigkeit und das Seitenstechen. Hipp war das einzige, was zählte. Hipp, der hilflos in seine Teile zerlegt da lag wie ein Puzzlespiel und aus eigener Kraft nicht mehr zusammenfand. Er mußte ihn zusammenfügen, koste es, was es wolle.

Als Dec im Graben neben der Straße nahe beieinander drei Orangen fand, zwei Granatäpfel und sogar die Kokosnuß, geriet er außer sich vor Freude.

«Hurra, alter Junge, jetzt habe ich dich!» Er trug die Früchte hinauf, legte sie voller Erwartung zu den andern in den Korb und flüsterte: «Reicht es, Hipp? Kannst du dich jetzt verwandeln?»

Doch gerade das konnte Hipp offensichtlich nicht. Die Früchte blieben Früchte, der Korb ein Korb. Was fehlte denn noch? Ach, natürlich, der Kürbis. Wie hatte er bloß den Kürbis vergessen können. Nur wo, zum Kuckuck, war der hingerollt?

Wieder machte sich Dec auf den Weg. Die Sonne stand schon tief, so daß er die Augen mit der Hand gegen ihre Strahlen abschirmen mußte, um in die Weite zu sehen. Doch wie sehr er sich auch anstrengte, nirgends konnte er die geringste Spur vom leuchtend satten Kürbisgelb entdecken. Es blieb nur eine allerletzte Möglichkeit, die Dec sich bis zum Schluß aufgespart hatte: das Abflußrohr neben der Straße. Das Eisengitter, das darüber lag, war durchgerostet, und in der Mitte gähnte ein Loch. Es war ein großes Loch. Es schien Dec eine richtige Kürbisfalle. Ihn schauderte.

Doch es half nichts, er mußte hinein. Er hob den Deckel ab und ließ sich in die Tiefe gleiten.

Das Abflußrohr

Das Eindringen in ein unterirdisches Abflußrohr ist so ungefähr das Schlimmste, was ein Mensch mit Platzangst unternehmen kann.
Im Rohr herrschte Finsternis. Es war derart eng, daß Dec sich nur auf dem Bauch liegend vorwärtsschieben konnte. Immer wieder tastete er ins Dunkle vor sich, in der Hoffnung, auf den Kürbis zu stoßen. Doch es war nichts als fauliges Wasser da. In kürzester Zeit war Dec durchnäßt und stank erbärmlich. Er begann zu frieren. Auf allen Seiten stieß er an Wände. Was wäre, wenn er steckenbliebe und weder vor- noch rückwärts könnte? Die alte Platzangst umklammerte ihn mit eisernem Griff, drehte ihm den Magen um und brachte ihn fast zum Erbrechen.
Wie er nun Meter um Meter vorwärtskroch, begann er sich zu fragen, was es mit dieser Frucht wohl für eine Bewandtnis hatte. War sie ein Fuß? Eine Schulter? Oder am Ende sogar der Kopf? Hatte deswegen das andere Obst keinen Wank gemacht, weil die Hauptsache fehlte – das Gehirn? Je länger er überlegte, desto wahrscheinlicher schien ihm dies.
«Oh, Hipp!» schluchzte Dec.
Er wußte, die Sache war dringend. Ein Mumpel darf höchstens sieben Stunden verwandelt bleiben, sonst trägt er einen bleibenden Schaden davon. Schon jetzt waren viele Stunden vergangen. Womöglich war es draußen schon Nacht. Er mußte auf jeden Fall vor dem Morgen fündig werden.
Auf einmal teilte sich das Rohr. Beide Verzweigungen waren sachte abfallend. Welche sollte er wählen?

«Das heißt, welche würde ich wählen, wenn ich ein Mumpelkürbis wäre?» dachte Dec. «Hipp ist Rechtshänder, es wird wohl rechts sein müssen.»
Doch nicht lange, und der Durchgang teilte sich von neuem und teilte sich wieder und noch einmal. Offenbar befand Dec sich in einem weitverzweigten Abflußnetz. Und bald überkam es ihn siedendheiß: Ich habe mich verirrt. Ich weiß den Weg zurück nicht mehr. Ich finde nie mehr heraus! Verzweiflung packte ihn. Und dann merkte er, daß rings um ihn das Wasser stieg. Draußen mußte es regnen, und der Abflußkanal lief allmählich voll. Sollte das sein Ende sein? Ein jämmerlicher Ertrinkungstod? Als das Wasser unentwegt weiter stieg und reißend zu strömen begann, drehte Dec sich auf den Rücken und ließ sich treiben.
Auf einmal schien es ihm, als sehe er einen feinen Lichtzirkel über seinem Kopf, nur während eines Sekundenbruchteils und kaum wahrnehmbar. Dann herrschte wieder Finsternis.
Dec reagierte sofort. Er stemmte sich, so fest er konnte, mit Oberkörper und Händen von der Decke ab und suchte mit den Füßen am Boden einen Halt zu finden, so daß sein Körper dem stark fließenden Wasser wie eine gespannte Feder Widerstand bot. Zentimeter um Zentimeter arbeitete er sich gegen die Strömung zurück, bis er nach seiner Schätzung etwa die Stelle erreichte, wo er vorher den schwachen Schimmer gesehen hatte. Tatsächlich fühlte er eine Vertiefung in der glatten Zementoberfläche, in der er sich festklammern konnte. Und plötzlich begriff er: Es war ein Kanaldeckel. Er hatte einen Ausweg in die Freiheit gefunden. Dec brauchte nur noch hinauszuklettern.
Die Finsternis oben war ebenso dicht wie in der Röhre,

es regnete wie aus Kübeln. Trotzdem, welch ein Unterschied! Dec stand im tobenden Unwetter und lachte vor Seligkeit.

Da fauchte ein Blitz. Deswegen also der feine Lichtring, der vorher um den Rand des Kanaldeckels erschien. Dec verdankte seine Rettung einem Blitzstrahl.

Während der kurzen Beleuchtung konnte Dec Häuser unterscheiden. Offenbar befand er sich in dem Dorf, das er gestern von der Brustwehr aus in der Ferne gesehen hatte. Die Blitze gaben Dec genügend Licht, damit er sich nach einem Transportmittel umsehen konnte. Denn natürlich mußte er so schnell wie möglich zurück, um die Suche nach Hipps Kopf fortzusetzen. Wie er das in stockfinsterer Nacht anstellen sollte, wo sogar am hellichten Tag alle Mühe vergeblich geblieben war, wußte Dec noch nicht. Er wußte nur, daß höchte Eile nottat. Aber kaum hatte er ein Auto aufgetrieben und sich ans Steuer gesetzt, umfing ihn bleischwere Müdigkeit. Trotzdem schaffte er es bis zum Georgshügel. Als er ankam, dämmerte es schon. Die erlaubte Frist für Hipps Verwandlung war längst überschritten.

«Ich will es trotzdem nochmals versuchen», beschloß Dec. «Aber diesmal stelle ich es gescheiter an.»

Er begann die elektrische Anlage des Wagens auseinanderzunehmen. Er montierte einen Scheinwerfer ab, löste ein Kabel, baute die Batterie aus und verhängte das Ganze, so daß eine klobige und schrecklich schwere, aber durchaus brauchbare Taschenlampe entstand. Wieder zwängte Dec sich durch das Einstiegloch und robbte durch das enge Rohr vorwärts. Erstaunt stellte er fest, daß es ihm nichts ausmachte. Es lag nicht am Licht, sondern daran, daß er letzte Nacht mit der

Platzangst gekämpft und sie zum ersten Mal wirklich besiegt hatte.

Bald erreichte Dec die Abzweigung, wo er gestern den rechten Arm gewählt hatte. Heute wollte er es mit dem linken versuchen. Und was lag da, kaum daß er in das andere Rohr hineinleuchtete? Wirklich und wahrhaftig, er war es. Der Kürbis. Weiter hinten war der Durchgang mit angeschwemmtem Zeug verstopft, und das hatte ihn aufgehalten.

Dec faßte ihn mit zitternden Händen und streichelte ihn zärtlich. «Habe ich dich endlich gefunden, du dummer, lieber Kerl!»

Er schlängelte zurück, kroch hinaus und erklomm den Hügel. Dann, endlich, kam der große Moment, wo er den Kürbis zu den anderen Früchte legen konnte. Nun waren alle beisammen. Voller Spannung schaute Dec zu, was sich tat...

Nichts tat sich. Rein gar nichts. Er hatte es schon befürchtet. Die Verwandlungsdauer war zu lang gewesen. Sein Freund war verloren.

«Hipp», flehte Dec, «verwandle dich zurück!»

Der Kürbis zuckte ein bißchen. Sein leuchtendes Gelb war matt geworden. Überall zeigte er Druckstellen, als hätten Hausfrauen auf dem Markt ihn betastet. Immerhin, er hatte sich bewegt.

«So mach doch, Hipp, du kannst es! Streng dich ein bißchen an.»

Der Kürbiskopf rollte langsam hin und her, als wolle er «nein» sagen.

«Warum denn nicht?» drängte Dec. «Etwa wegen deines Golddreiecks? Ich weiß schon, daß es fehlt, aber ich kann es nirgends finden. Tu es doch ohne, nachher suchen wir zusammen.»

Aber den Kürbis durchfuhr bloß ein Zittern. Da überkam Dec große Traurigkeit. Er schlang die Arme um den Weidenkorb, legte sein Gesicht auf den Kürbis und weinte: «Ich habe mir so große Mühe gegeben, laß mich jetzt nicht im Stich. Komm zurück! Komm zurück, Hipp, mir zuliebe.»
Da begann die Frucht zu zerfließen. Zögernd geriet das andere Obst in Bewegung und schließlich auch der Korb. Es war ergreifend zu sehen, wie Hipp sich abquälte. Offenbar kostete es ihn größte Mühe, seine eigene Gestalt wiederzufinden. Hätte Dec ihn nicht unentwegt angefeuert, so wäre es wohl beim Versuch geblieben. Doch schließlich war das Werk vollbracht. Hipp stand wieder da.
Aber in welch erbärmlicher Verfassung! Zitternd, grau im Gesicht, mit erloschenen Augen, hängenden Schultern, über und über voller Schürfungen und Beulen und so schlapp, daß er fast umfiel. Der Schwanz schleifte kraftlos durch den Staub und zeigte am Ende eine blutende Wunde.
Dec rief erschrocken: «Was fehlt dir? Du zitterst ja, ist dir kalt? Hier, nimm meine Jacke.» Er hob das Kleidungsstück vom Boden auf, wo es, seit er es gestern ausgezogen hatte, um den herunterpurzelnden Früchten besser nachrennen zu können, unbeachtet gelegen hatte. O Wunder, da fiel das verlorene Abzeichen aus einer Tasche!
«Da ist es ja!» rief Dec verblüfft. «Wie ist es bloß da hineingeraten?» Und dann erinnerte er sich, wie er vergeblich versucht hatte, den Korb auf der Mauer im Gleichgewicht zu halten. Da mußte das goldene Dreieck wohl in seine Tasche gefallen sein. Dec hielt es an die verletzte Schwanzspitze und – Schsch-lupp! –

schloß sich die Wunde. Gleichzeitig schien Leben in die zusammengesunkene Gestalt zurückzukehren. Zuerst bekam der Schwanz wieder Schwung, dann strafften sich Rücken und Schultern, das Gesicht bekam seine alte Farbe. Und als Hipp aufblickte, sah Dec in seinen vorhin so trüben Augen wieder das vertraute Funkeln, das er so sehr liebte.
«Hallo!» lächelte Hipp.
«Hallo!» strahlte Dec.
Hipp schaute an sich hinunter und zog eine Grimasse: «Sieht ziemlich verheerend aus, was? Hat aber weiter nichts zu bedeuten. Ich brauche nur die lädierten Stellen etwas einzusalben.»
Dec hatte nicht vergessen, was es mit dieser Arznei auf sich hatte, die jeder Mumpel stets bei sich trug. Er behandelte Hipp damit wie an jenem Tag, als sie sich kennengelernt hatten.
Hipp dankte ihm. «Als ich in dieser widerlichen Kloake lag, fürchtete ich, mein letztes Stündlein habe geschlagen.»
«Dann war der Kürbis also wirklich dein Kopf?»
«Natürlich! Aber ohne den Rest meines Körpers konnte ich mich nicht zurückverwandeln. Ich brachte nicht einmal telepathischen Kontakt mit meinen Leuten zustande. Und dann hörte ich dich in der falschen Abzweigung herumrumoren und konnte mich nicht bemerkbar machen. Ich war ganz verzweifelt.»
«Das glaube ich dir. Eigentlich erstaunlich, daß die Überzeit dir nicht mehr geschadet hat.»
«Das lag am Regen. Das viele Wasser heute nacht hat meine Teile frisch gehalten. Das zumindest war ein Glück.»
«Für dich, ja. Ich bin fast ertrunken. Aber sag mal, was

hat es mit deinem Dreieck eigentlich für eine Bewandtnis? Kaum saß das Ding wieder an Ort und Stelle, warst du aufgekratzt, als sei nichts geschehen.»
«Ach, hast du das nicht gewußt? Darin steckt unsere Lebenskraft.»
So waren sie beide gerettet. Mit Dec hatte sich etwas Merkwürdiges ereignet. Er war sich plötzlich einer wichtigen Aufgabe bewußt geworden. Als letzter Vertreter seiner Art wollte er versuchen, an den Mumpels gutzumachen, was die Menschen ihnen angetan hatten.
So war es ein neuer Dec, der mit Hipp übermütig den Hügel hinunterrannte. Zum ersten Mal freute er sich auf das Erwachsenwerden.

Das Elektrizitätswerk

Allmählich wurden die Tage kürzer. Oft lag am Morgen dicker, feuchtkalter Nebel über dem Strand, wo die Mumpels und der Junge schliefen und mit immer steiferen Knochen aufwachten. Vergeblich sehnten sie sich nach der Sonne, die sich nur noch als blaßer Fleck am Himmel zeigte und kaum mehr wärmte. Es war Herbst geworden.
Dann waren sie eines Tages beim Aufwachen nicht nur steif, sondern bis aufs Mark durchfroren. In der Nacht hatte es leicht genieselt, nun war der Sand dunkel vor Feuchtigkeit.
Cilla schüttelte sich: «Hier wird es ungemütlich. Jetzt

wäre es mir wohler in der warmen Südsee.»
«Wieso gehen wir nicht hin?» erkundigte sich Dec.
«Weil es dort keine Nahrung mehr gibt. Überall in Landnähe hat die Pest alles ratzekahl gefressen, bevor wir eingreifen konnten. Ein bißchen festen Boden brauchst du nun einmal. So gut du jetzt auch schwimmst, das Schlafen im Wasser wirst du nie erlernen», erklärte Zeno.
«Ich könnte in einem Schiff mitkommen.»
Drago war anderer Meinung. «Ein seetüchtiges Schiff läßt sich nicht von einem Jungen allein bedienen», sagte er. «Nein, wir bleiben hier.»
«Mir ist es nicht recht, daß ihr meinetwegen friert», protestierte Dec. Er konnte es unmöglich zulassen, daß die Mumpels sich verstohlen die kalten Pfoten rieben. Wie sollte das erst im Winter werden?
«Gehen wir wenigstens in ein Haus, das man heizen kann», drängte er. «Zum Beispiel in die Pension *Seewind* dort oben auf der Düne. Sie ist ganz gemütlich, ich kenne sie von früher her. Die früheren Besitzer fänden es sicher in Ordnung, daß wir dort unterschlüpfen.»
«Hoho, ob sie Mumpels wollen, bezweifle ich», kicherte Hamlin.
Trotzdem zogen sie noch am selben Tag ein. Die kleine Pension gefiel allen auf den ersten Blick; bald fühlten sich auch die Mumpels heimisch. Als Gäste in einem Menschenhaus gaben sie sich die größte Mühe, sich manierlich zu benehmen. Im Korridor gingen sie neben dem Läufer, um ihn mit ihren krallgen Füßen nicht zu beschädigen. Ihre Mahlzeiten nahmen sie nach wie vor im Freien ein, doch setzten sie sich zu Dec an den Tisch, wenn er sich auf einem Feuerchen draußen etwas gekocht hatte.

Trotz dem Dach über dem Kopf war es mit dem Frieren nicht vorbei. Als der Winter kam, wurde es auch im Haus jammerkalt. Der Tank war zwar voller Heizöl, aber der Strom für den Brenner fehlte, so daß sie die Heizung nicht zum Funktionieren bringen konnten. Die Pottinghiller hatten ja die Elektrizität abgestellt, bevor sie die Erde verließen. Abgesehen von ein paar Notaggregaten waren die Leitungen im ganzen Städtchen tot.

Als die ersten Schneeflocken fielen, saß die ganze Gesellschaft in der Stube, angetan mit Pelzmützen, Schals und Ohrenklappen. Trotzdem froren sie. Die Stimmung war miserabel.

Als Zoe siebenmal hintereinander nieste, schüttelte Asa seine Wolldecke ab und sagte mit Donnerstimme: «So, jetzt reicht's. Wir brauchen eine Heizung. Und da sie ohne Strom nicht funktioniert, schalten wir eben den Strom ein. Dec, sei so gut und zeig uns den Weg zum Elektrizitätswerk.»

Kurze Zeit später standen sie am anderen Ende der Stadt vor einem modernen Betonbau, der von supersolidem Stahldrahtgitter umgeben war.

«Das ist es», verkündete Dec. «Hier laufen die Leitungen zusammen, und dort stehen Transformatoren und Hochspannungsschalter. Aber ich habe keine Ahnung, wie man sie zum Funktionieren bringt.»

«Das laß nur unsere Sorge sein», meinte Asa zuversichtlich. Er hob eine Pfote und ließ sie mit geballter Kraft auf das unverwüstliche, einbruchsichere Stahlkabelgeflecht niedersausen.

«Dzing – ngingg...» machte das Gitter. «Dzinge – hie – hie – hinggggg...», pflanzte sich der Ton wellenförmig fort, bis er um die Ecke des Gebäudes verschwand.

Wo Asas Prankenpfote niedergekracht war, zeigte sich ein mannsgroßes Loch, durch das sie bequem hindurchschlüpfen konnten.

Zeno hob das Haupttor aus den Angeln, um den Zugang zum Gebäude frei zu machen. Der Bau war voll von merkwürdigen Apparaturen, Schaltpulten und Leitungen. Der Gedanke, daran herumzumanipulieren, machte Dec Angst.

Die Mumpels schienen seine Sorge nicht zu teilen. Sie spazierten durch die Anlagen, Arme auf dem Rücken, prüfende Blicke um sich werfend und mit einer Miene, die deutlich auf rege telepathische Auseinandersetzung und gegenseitige Beratung schließen ließ.

In einem Raum im oberen Stock hing ein großes Schaltschema an der Wand. Daneben befand sich ein Stadtplan von Pottinghill, der über und über mit Lämpchen bestückt war. Vor dieser Wand stand ein Steuerpult mit Knöpfen, Hebeln und einer Menge Schaltern. Dec mochte hantieren, soviel er wollte, es brachte kein Resultat. Sogar als er einen Kontrollhebel umlegte, der knallrot war und besonders wichtig aussah, blieb das Werk still wie zuvor.

Die Mumpels hingegen interessierten sich mehr für das Schema an der Wand. Was Dec wie eine Wirrnis von Linien und Pünktchen vorkam, war für sie offenbar einfach zu lesen.

«Aha!» bemerkte Zoe. «Es funktioniert also mit Dieseltreibstoff. Raffiniert.»

Hipp nickte: «Und der Motor treibt den Generator an.»

«Der liefert dann die elektrische Energie, die...» begann Zeno,

«...auf dem Weg über Trafos und Schalter...» fiel ihm Cilla ins Wort,

«... zu den Hochspannungsleitungen gelangt...» fuhr Drago weiter,

«...von wo aus sie über die ganze Stadt...» kam es gleichzeitig von Nerina und Nerita,

«...verteilt wird», rief Hamlin.

«Ja», bestätigte Asa. «Laut Plan ist im Keller eine Notstromgruppe vorhanden. Gehen wir hin.»

Nun ist eine Notstromversorgung gedacht für den Fall, daß die Technik versagt und man auf Handbetrieb angewiesen ist. Folglich wurde der Dieselmotor im Keller mit einer Kurbel in Funktion gesetzt. Die aber war berechnet für Männerhände und nicht für die eines Jungen. Dec konnte sie beim besten Willen nicht bewegen. Den Mumpels mit ihren Pfoten fehlte es zwar nicht an Kraft, jedoch an Beweglichkeit. Da standen sie nun.

«Müssen wir also doch den ganzen Winter frieren?» seufzte Zoe.

«Nein!» wetterte Asa. «Nein, nein und abermals nein. Daß unsere Pfoten so unbrauchbar sind, ärgert mich schon seit Jahrhunderten. Frieren will ich deswegen nicht auch noch.»

Sorgfältig dosierte er seine Kraft. Und Bamm! knallte er eins auf die Kurbel, daß sie glattweg abbrach, aber – der Motor lief.

«Gut!» riefen die Mumpels telepathisch und Dec lauthals.

Alle rannten die Treppe hoch in den Kontrollraum. Automatisch sich öffnende Türen. Volle Saalbeleuchtung. Der Ventilator wirbelte ganze Wolken von Staub auf. Aufleuchtende Lämpchen auf dem Schaltplan an der Wand.

«Das wäre geschafft», frohlockte Asa. «Bleibt nur noch,

den Hauptdieselmotor anzulassen, der die Überlandleitungen mit Strom versorgt. Leihst du uns noch einmal deine Hände, Dec?»
Der Mumpelvater las vom Plan ab, was zu tun war, und Dec führte es aus: Einen Befehl in den Computer eintippen, warten, bis irgendein Zeiger irgendeinen Wert erreichte, und bestimmte Knöpfe drücken...
«Perfekt», stellte Asa schließlich fest. «Nun leg noch einmal diesen roten Hebel um, und wir haben es.»
Dec tat wie geheißen. Der Zeiger machte einen kleinen Sprung, fiel aber sofort zurück auf Null.
«Das ist aber merkwürdig», wunderte sich Zoe. Auch Asa sagte erstaunt: «Wir haben alles richtig gemacht. Das Aggregat läuft, und doch springt der Motor nicht an. Wo sitzt denn da der Haken?»
Dec schwieg, aber er überlegte: Vielleicht liegt es am Treibstoff, wie beim Auto. Wenn dort das Benzin fehlt, kann man noch so lange auf den Anlasser drücken, der Motor springt nicht an. Während die anderen hin und her berieten, stieg er aufs neue in den Keller und machte sich auf die Suche nach dem Dieseltank. Dort fand er im Gewühl von Leitungen zwei Knöpfen, über denen «Treibstoffventil» stand. Der rote war eingedrückt, der grüne sprang hervor.
Mir scheint, es sollte umgekehrt sein, sagte sich Dec. Entschlossen drückte er den grünen Knopf. Prompt sprang der rote heraus. Und kaum war dies geschehen, begann es im Zuflußrohr zu rauschen und zu gluckern.
Als Dec wieder bei den Mumpels war und erzählte, was er im Keller getrieben hatte, riefen sie: «Der Treibstoff, klar! Daß keiner von uns daran gedacht hat. Oh Dec, wie praktisch ist doch dein technischer Fimmel.»
Erwartungsvoll standen die Mumpels um den Jungen

herum, der nun nochmals an dem roten Hebel zog. Ein lautes Brummen ertönte durch das ganze Gebäude, und der Zeiger schlug aus. Der große Hauptdieselmotor war angesprungen.
Die Umverteilung auf Pottinghill Ost war nur noch ein Kinderspiel.

«Baby is crying»

In prächtiger Stimmung ging es heimzu. Dec hatte einen Lieferwagen aufgetrieben, der nur aus einer offenen Führerkabine und einem fahrbaren Untergestell ohne Dach bestand. Die Fahrgäste saßen recht unbequem hinten auf der Ladefläche, außerdem war die Temperatur seit dem Vormittag wieder um einige Grad gefallen. Aber je kälter ihnen jetzt war, desto köstlicher würde nachher die Wärme im Dünenhaus sein. Alle lachten und schwatzten um die Wette.
Plötzlich Vollstopp. Kreischende Bremsen. Durcheinanderpurzelnde grüne Körper und ein totenblasser Dec am Steuer...
«Was ist denn los?» riefen die Passagiere, kaum standen sie wieder auf den Beinen. Wortlos sprang Dec aus der Kabine und rannte zurück in der Richtung, aus der sie gekommen waren. Er bedeutete mit der Hand, daß sie still sein sollten, und horchte...
Da vernahmen es auch die Mumpels. Ein quäkender, kläglicher kleiner Laut. War es möglich? Konnte das

wirklich sein? Weinte da ein Baby?
Ein paar Sekunden blieb Dec wie angewurzelt vor dem Haus stehen, wo aus einem offenen Fenster im ersten Stock das Kindergeschrei ertönte. Dann rannte er zur Haustür, begann wie wild daran zu poltern und zu läuten. Als niemand öffnete, hob Hipp, der mit den anderen hinzugekommen war, die Tür aus den Angeln. Dec stürzte die Treppe hinauf, drei Stufen aufs mal nehmend. Dann stand er in dem Zimmer, in dem immer noch das hicksende Weinen ertönte.
Die Stimme war da, aber kein Mensch. Nur eine Grammophonplatte, die eben zu Ende drehte – mit dem Titel «Baby is crying». Offenbar war sie aufgelegt gewesen, als man damals den Strom abgestellt hatte.
Da stand Dec. Zum ersten Mal realisierte er die volle Wahrheit. Die Stimme des Babys war bloß Erinnerung. Nie wieder würde er Menschen sehen. Seinen Vater nicht, Peggy und Simon nicht, keinen seiner alten Freunde. Die Mumpels, mochten sie noch so liebe Kerle sein, waren eben doch keine Menschen.
Panik überkam Dec. Er war allein, er war der allerletzte Mensch auf der Erde. Aber das war unerträglich. Er brauchte Menschen. Das Baby hatte zu Ende geplärrt. Statt dessen schluchzte jetzt Dec.
«Ich glaubte ... es sei einer wie ich», war alles, was er herausbrachte.
Die Mumpels standen um ihn herum und nickten. Sie verstanden, was in ihm vorging. Aber sie sagten nichts. Es gibt keine Trostworte für den Letzten Menschen.
Wäre es in der Macht der Mumpels gelegen, sie hätten ihm geholfen. Aber Dec Rotschopf litt an Heimweh, der einzigen Krankheit, gegen die nicht einmal sie ein Heilmittel kannten.

Ein niedergeschlagenes Grüppchen traf schließlich in der Pension *Seewind* ein. Behagliche Wärme empfing sie, das schon. Aber Dec tat den Mumpels so leid, daß sie sich nicht mehr recht darüber freuen konnten.

Nach dem Abendessen berieten die Mumpels lautlos, was sie gegen Decs Heimweh machen sollten, als es plötzlich an die Haustür pochte. Als Dec öffnete (nur er konnte das Schnappschloß bedienen), sieh mal an, stand da ein fremder Mumpel. Er war außer Atem und tropfte.

Keuchend sprudelte er hervor: «Guten Abend, Menschenjunge. Dec Rotschopf, wenn ich nicht irre? Wir alle haben von dir gehört; freut mich, dich kennenzulernen. Ich bin ein Vetter dritten Grades von hier – ach, da seid ihr ja. Guten Abend, entschuldigt die Störung, bitte schön. Ich habe eine wichtige Mitteilung. Wie ihr wißt, bin ich wegen meiner lädierten Schwanzspitze so schlecht im Wir-Denken, daß ich lieber hergeschwommen bin. Es handelt sich um Folgendes...»

Nun verfiel er in das rasche Wassergurgelkauderwelsch, das die Mumpels ihre Sprache nennen. Dec verstand kein Wort, in seinen Ohren klang es bloß nach nassem Geplätscher. Und begriff erst recht nicht, wieso die Mumpelgesichter plötzlich zu strahlen begannen.

«Sagt mir doch endlich, worüber ihr sprecht», forderte er sie ungeduldig auf. Da sahen ihn die Freunde seltsam an. Zum ersten Mal, seit er sie kannte, wollte ihm niemand auch nur eine Silbe verraten.

Stattdessen rannten die Mumpels aus dem Haus, hetzten über den verschneiten Strand und stürzten sich Hals über Kopf in die Fluten. Dec starrte ihnen nach, bis sich ihre Gischtspur in der Dunkelheit verlor.

Das Gesicht in den Kohlen

Irgendwo im Ozean pflügte Sereinas Kohlenschiff stetig stampfend durch die Wellen. Es beschrieb einen wilden Zickzackkurs, manchmal klatschte eine Sturzsee über das niedrige Deck, niemand stand am Steuer.
Sereina lag bewußtlos vor Hunger und Erschöpfung im Steuerhaus am Boden. Als sie endlich erwachte, war es, weil ihr etwas auf der Brust herumhüpfte – eine verstrubbelte, schwarzgefiederte Gestalt, die «Brrrraaaaaver Junge!» krächzte. Nervös trippelte Jakob hin und her und kitzelte sie mit seinen scharfen Krallenfüßchen am Hals. Trotz ihrer mißlichen Lage mußte Sereina ein wenig lachen. «Schon gut», beruhigte sie ihn. Er schien ganz aus dem Häuschen. Hatte er gemerkt, daß ihr nicht gut war?
Sie wollte aufstehen, aber sofort drehte sich alles vor ihren Augen, so daß sie sich wieder hinsetzen mußte. Erst beim zweiten Anlauf gelang es ihr, sich hochzurappeln. Eiszapfenkalt war es im Steuerhaus und halbdunkel. Die zugeschneiten Fenster ließen nur gefiltertes Tageslicht durch. Das Tuckern des Motors hatte aufgehört, der Benzinanzeiger stand drei Striche unter Null. Trotzdem schien das Boot Fahrt zu machen. Sereina hörte, wie sein Kiel rauschend durchs Wasser schnitt, und fühlte den Boden unter ihren Füßen vibrieren. Wie war das möglich ohne einen Tropfen Benzin?
Im Augenblick aber hatte sie andere Sorgen. Hannibal! Wie stand es um ihn? Sie wagte fast nicht, nachzusehen. Als Sereina das Deck betrat, sah sie etwas völlig Unerwartetes: Wasser, wohin sie auch blickte. Sereina

hatte in ihrem ganzen Leben noch nie so viel Wasser gesehen. Ob sie wohl auf dem Meer war, das sie nur von einem Bild in der Schule kannte? Sereina kam eine vage Erinnerung an einen weit zurückliegenden Traum, von einem Geisterhafen mit einem Wirrwarr von Masten, Kranen und Schiffen so groß wie ein Warenhaus, von Schneetreiben und nagendem Hunger. Den hatte sie immer noch. Sie fühlte sich sonderbar leicht im Kopf. Als sie schwankte, hörte sie hinter sich schwere, rennende Schritte. Irgend jemand rief: «Halt, halt, nicht fallen. Ich komme!»
Das gab Sereina den Rest. Sie kippte um.
Als sie ihre fünf Sinne wieder beisammen hatte, war es warm, mollig warm. Die Matratze unter ihr wärmte, die Decke über ihr wärmte. Sie lag eingehüllt in eine Art Kokon, der sich geradezu lebendig anfühlte und sehr behaglich. Ihr schien, als hätte sie lang und tief geschlafen, ja sogar, als hätte sie gegessen. Der Geschmack einer kräftigen Bouillon lag ihr auf der Zunge. Wie köstlich, sich warm und satt zu fühlen! Sereina fragte erst gar nicht nach einer Erklärung. Sie drehte sich auf die Seite und schlief wieder ein.
Als Sereina das dritte Mal aufwachte, lag sie nur noch auf einem Haufen Seetang am Boden. Keine Rede mehr von Luxusbett und Krankensüppchen. Aber so unwahrscheinlich es ihr vorkam, sie fühlte sich fit und munter. Voller Zuversicht sprang sie auf. War es möglich, daß es auch Hannibal besser ging?
Der Kohlenraum stand offen. Dabei hatte sie den Lukendeckel eigenhändig zugemacht, dessen war sie sich sicher. Wer immer auf dem Boot war, mußte ihn geöffnet haben und sich unten befinden, denn sie sah niemanden.

Sereina rannte die kurze Treppe hinunter. Fahles Licht drang durch die halboffene Luke, so daß man erkennen konnte, wer sich darin befand. Nämlich niemand – niemand außer Hannibal. Und der lag ganz still.
Sereina kniete nieder, voller Angst, keinen Atemzug mehr zu vernehmen. Doch oh Wunder! Die Nüstern blähten sich. Keine Spur von Fieber mehr. Der Flaggenmast war nach wie vor an seinem Bein befestigt, aber als Sereina vorsichtig mit dem Finger die Stelle entlang fuhr, wo der zersplitterte Knochen durch die Haut gestochen hatte, war alles heil.
Langsam stand Sereina auf. Es war schön, daß es Hannibal plötzlich wieder gut ging – nur, wie war das möglich? Eine derart schlimme Wunde heilte nicht einfach in so kurzer Zeit. Zumindest müßte das Bein noch geschwollen sein, das wußte sie genau.
Völlig verwirrt schaute sie um sich. Im Halbdunkel ließ sich nichts Ungewöhnliches feststellen. Der Lagerraum war wie immer dreckig, muffig, leer. Es gab wirklich nur den Esel unter seinen Vorhängen. Und natürlich die Kohlen in der Ecke. Sereina sah hin. Bloß Kohlen. Das heißt ... was war denn das?
Ein Gesicht, schön wie eine Blume. Still und sanft schaute es aus den groben Brocken hervor. Während Sereina erstaunt hinsah, begann das Gesicht von innen her zu leuchten. In all dem Schwarz schimmerte es wie der Mond, der sich in einem finsteren Moorsee spiegelt. Es dauerte nur eine kleine Weile, da begann die Erscheinung zu lächeln. Sereina, hingerissen, lachte zurück. Sie vergaß alles um sich herum. Nur das Gesicht blieb. Und die Augen, die sie einzuladen schienen, doch bitte einzutreten. Zum zweiten Mal in kurzer Zeit trat ein Mensch die Reise an in eine Mumpelseele.

Als Sereina wieder in den häßlichen Laderaum zurückfand, küßte sie das Gesicht zwischen den Kohlen.
«Zoe!» rief sie, «komm hervor, damit ich auch den Rest von dir sehen kann.»
Ein Teil der schwarzen Kohlebrocken zerfloß. Und siehe da, es kam eine Gestalt zum Vorschein, die aus hundert Lebewesen zusammengestückelt schien. Die reinste Flickendecke, dachte Sereina und mußte ein wenig lachen. Ihr gefielen Flickendecken.
Die beiden gingen auf Deck. Neugierig betrachtete Sereina ihre neue Freundin im fahlen, trüben Licht des Wintertages. Schwere Wolken hingen wie Qualm am bleiernen Himmel. Das Boot war schwarz, der Schnee war weiß und grau die Wellen; wie ein düsteres Foto in Schwarzweiß, ohne jegliche Farbe. Aber die Mumpelfrau leuchtete grün und blau und heiter silberschuppig. Sogar dieses traurige Halblicht konnte ihre Farben nicht zum Erlöschen bringen.
Kaum waren die beiden auf Deck, kamen die Gänse und der junge Pelikan angelaufen, watschelten auf Sereina zu und hielten ein gewaltiges Palaver. Sie benahmen sich so freundlich wie damals im grünen Tal und schienen satt und zufrieden.
«Hast du die auch gefüttert?» fragte Sereina.
Da lachte Zoe: «Mußte ich wohl. Die hatten vielleicht einen Appetit. Übrigens auch dein Rabenvogel; der fraß sich dick an Wasserschnecken.»
«Ach Zoe, was für ein Glück, daß du uns gefunden hast!»
«War auch höchste Zeit. Weißt du, daß die Seele deines Eselchens schon schwebte?»
«Schwebte – was meinst du damit?»
«Der Arme lag im Sterben. Wir sehen das nämlich. Ich

rannte hin und konnte es gerade noch verhüten.»
Da machte Sereina große Augen. «Was, du kannst den Tod verhüten?»
«Wir Mumpels sind alle Ärzte», begann Zoe zu erklären. «Allerdings von einer Art, die du nicht kennst. Jedenfalls klappte es bei Hannibal. Dann wollte ich mich gerade um dich kümmern, als du schon wie betrunken aus der Kajüte getorkelt kamst.»
«Jetzt fühle ich mich wieder gut. Da war ein herrliches Bett…»
«Vielen Dank für das Kompliment. Das Bett war ich nämlich selber.»
«Du??»
Zoe nickte lachend. «Aber heben wir die Erklärungen für später auf. Willst du jetzt so freundlich sein, das Ruder auf Nord-West-West einzurasten? Jetzt steht das Ruder gerade verkehrt, so daß meine Leute unten ziemlich viel Gegendruck geben müssen.»
Sereina tat wie gebeten. Als sie aus dem Steuerhaus zurückkehrte, fragte sie: «Was hast du vorhin gemeint mit deinen Leuten, die unten seien?»
«Schau mal über Bord, dann siehst du es.»
Sereina lehnte sich über das Geländer. Das Wasser war voller grüner Gestalten. Sie schoben und zerrten den Kahn, daß er durch die Wellen schnitt wie ein Rennboot.
«Meine Familie», hörte sie Zoe neben sich sagen. Ihre Kinder winkten lachend zu Sereina hinauf. Der Vater sprang sogar mit einem mächtigen Satz über die Bordwand und kam mit ausgestreckten Armen auf Sereina zu: «Schau an, da ist sie ja. Und wieder ganz hergestellt, will mir scheinen. Herzlich willkommen, liebes Mädchen.»

Asa nahm vorsichtig ihr Gesicht zwischen seine mächtigen Pranken und gab ihr links und rechts einen Kuß. Sereina fand es herrlich, wieder einmal liebkost zu werden nach der langen Einsamkeit. Bald saßen sie und Asa einträchtig auf einer Taurolle und unterhielten sich, während nun Zoe beim Kahnziehen half. Es kostete Sereina nicht die geringste Mühe, sich mit diesem Urdrachenmenschen zu unterhalten, munter plauderte sie drauflos. Als erstes legte sie Asa das Horizontproblem dar, und bekam endlich eine Erklärung.

«Ach, so ist das!» rief sie verblüfft. «Und ich meinte schon, der Horizont wolle mich zum Narren halten.»

Asa lachte. «Jetzt erzähl mal, wo du herkommst, Sereina.»

«Von weit weg, aus einem kleinen Tal hoch oben in den Bergen. Das Tal war winzig, und nach ein paar Monaten fraß die Pest es schließlich auf. Da mußten wir fliehen. Einem Menschen bin ich nirgends begegnet.»

«Wo warst du denn, als die Pest ausbrach?»

«Daran kann ich mich nicht erinnern. Ich glaube, da war ich schon tot.»

«Tot – so, so. Du lagst wohl in einer Kiste, nehme ich an?»

«In einer ganz prächtigen.»

«Kannst du mir beschreiben, wie sie aussah?»

Nun, das konnte Sereina, und bald rief Asa: «Also Torkalubinosis, wie gehabt. Als gestern unser Vetter dritten Grades mit der Nachricht kam, er habe ein fahrendes Boot gesichtet, sind wir sofort losgeschwommen. Wir rechneten halb und halb mit einem solchen Fall.»

«Ich verstehe nicht recht, was du meinst», bemerkte

Sereina. «Aber bevor wir weiter darüber sprechen, sag mir bitte: Wo muß ich hin, um die letzte Rakete zu erwischen?»

«Die letzte Ra... ach ja, natürlich, der Zeitirrtum. Besser, ich sag's dir gleich, Sereina: Es gibt keine Transportverbindung mehr zwischen Erde und Mond. Die letzte Rakete ist vor dreieinhalb Jahren abgeflogen.»

«Aber ich will zu Menschen!»

«Das wirst du auch. Das heißt, es ist nur einer, ein Junge in deinem Alter. Er heißt Dec Rotschopf...»

Aber Sereina hörte nicht mehr zu. Während der mühseligen Reise hatte die Hoffnung sie angetrieben. Und jetzt sollte alles umsonst gewesen sein?

Noch während Asa sie über die Situation aufklärte, begannen heiße Tränen auf seinen Schuppenpanzer zu tropfen. Sereina weinte, und alle Sorgen der letzten Zeit strömten heraus.

Asa wartete ruhig und fuhr ihr ab und zu behutsam mit der Wange über das Haar, so wie Mumpels es tun, wenn sie trösten wollen. Als Sereina sich ausgeweint hatte, begann er von Dec zu erzählen, den sie alle so gern hatten. Sicher, ganz sicher würde er auch ihr gefallen...

Da trocknete Sereina ihre Tränen und schaute Asa mit großen Augen an.

«Und ich – ich habe immer gesagt: Wenn es doch nur ein einziger wäre...»

Ganz ohne Schuppen

Indessen saß Dec mutterseelenallein im *Seewind* und hatte Kummer. Die Sache mit dem weinenden Baby gestern, das gar kein Baby gewesen war, hatte ihm zugesetzt. Die Kinderstimme auf der Langspielplatte hatte verflixt echt geklungen und ihm ein Heimweh angehext, daß es zum Heulen war.

Stundenlang grübelte Dec vor sich hin. Immer wieder sah er vor sich, wie die Mumpels gestern abend einfach auf und davon gegangen waren. Keiner hatte gefragt, ob er vielleicht mitkommen wolle. Hatten sie ihn am Ende für immer im Stich gelassen? Decs Vernunft rebellierte: Nein, das würden sie niemals tun. Keiner der Mumpels. Doch das Heimweh war stärker und verspritzte sein Gift: Natürlich hatten sie ihn im Stich gelassen! Bodenlos gemein waren die Mumpels.

Dec heulte aufs neue wie ein Schloßhund. Dann schlurfte er zum Strand, um trotz allem wohl zum hundertsten Mal nach ihnen Ausschau zu halten.

Es hatte wieder zu schneien begonnen. Und trotz des schummrigen Tageslichtes sah Dec, daß sich im Wasser wirklich etwas tat. Ein dunkler Schatten glitt herbei, etwas Großes, Langes, Schwarzes. Mehr konnte Dec im Schneegestöber nicht unterscheiden, bis eine Bö die wirbelnden Schneeflocken für einen Augenblick auseinanderfegte.

«Ein Lastkahn!» schrie Dec und vergaß schlagartig seine traurige Gedanken. «Und die Mumpels müssen auch da sein. Ich höre deutlich den Nebelhornklang ihrer Stimmen.»

«Dec, Deec!» schallte es über das Wasser.

«Hier bin ich!» schrie er. Er zog seinen Anorak aus und begann wild damit zu winken. Wie hatte er sich bloß einbilden können, sie würden ihn im Stich lassen?

Auf einmal blieb Dec der Mund offen stehen. Täuschte er sich, oder sah er wirklich Vögel fliegen? Das konnte doch nicht sein. Vögel gab es schon längst keine mehr auf der Erde. Da kamen sie auch schon auf ihn zugeflogen. Sie kreisten laut rufend über seinem Kopf, dann landeten sie mit Flügelrauschen. Sie watschelten um Dec herum und stupsten ihn in die Beine. Wildgänse waren das, kein Irrtum möglich.

Dann aber vergaß Dec die Gänse. Und das Boot. Und die Mumpels. Da stand so etwas wie eine menschliche Gestalt an der Reling. Sie hatte die Hand auf etwas gelegt, das große Ähnlichkeit mit einem Esel aufwies. Und mit ein wenig Phantasie konnte man das zerrupfte schwarze Etwas auf ihrer Schulter für einen Raben halten.

Die Gestalt geriet in Bewegung. Sie schwenkte beide Arme wie verrückt, tanzte in wilder Begeisterung und winkte zu ihm herüber.

Dec traute seinen Augen nicht. Er war erst vor kurzem von einer Schallplatte zum Narren gehalten worden und wollte sich diesmal nicht von einer mechanischen Puppe verulken lassen.

Der Kahn wurde ans Ufer gezogen. Als Asa nur noch bis zur Brust im seichten Wasser stand, rief er etwas zum Deck hinauf. Die Puppe kletterte über die Reling und sprang Asa in die Arme.

Auf diese Weise hielt Sereina Einzug in ihr neues Land, hoch auf Asas Schultern. Für sie war es ein triumphaler Einzug. Der Empfang dagegen war frostig. Da stand dieser Junge, auf den sie sich so gefreut hatte, und machte keine Anstalten, ihr entgegenzugehen. Als der Mumpelvater sie zu Boden gleiten ließ, ging sie zögernd auf den fremden Junge zu und gab ihm die Hand.

Dec, soeben noch steif wie ein Klotz, begann zu zittern. Er packte Sereina und begann sie abzutasten. Er fuhr über ihr Gesicht. Er hob ihr Haar, um nachzusehen, ob es eine Perücke war. Er kniff sie in den Oberarm, um festzustellen, ob sich darin Sägemehl befand und schaute ihr in die Augen. Ja, er drückte vorsichtig auf ihre Lider, um ganz sicher zu sein, daß sich darunter kein Glas befand.

«Großer Gott, du bist ja echt!» brachte er endlich hervor.

Sereina kannte seine Sprache nicht und verstand kein Wort von dem, was er sagte. Aber daß er sich plötzlich freute, verstand sie auch so. Sie lächelte. Da schnappte es bei beiden gleichzeitig ein. Im nächsten Moment lagen sie sich in den Armen.

Decs Hand stahl sich unter ihren Pullover und streichelte ihren Rücken. «Wie glatt, mmm, wie herrlich glatt ... ganz ohne Schuppen...» murmelte er.

Eine ganze Weile standen sie da, eng umschlungen. Sie schienen das weiße Gewirbel nicht wahrzunehmen, das immer dichter auf sie niedersank. Was kümmerten sie schon Wetter und Frost. Sie hatten einen Menschen – wahrhaftig einen Mitmenschen gefunden.

Das X-en

Während Dec und Sereina vor Glück alles um sich herum vergaßen, machten die Mumpels sich an die Arbeit. Hipp trug den Esel, der sein Bein noch schonen sollte, in die Pension. Cilla bereitete ihm ein Plätzchen in der Eingangshalle hinter der Theke und versorgte ihn mit Streu und Futter und freundlichen Worten. Jakob hüpfte in den Briefkasten und gab energisch kund, daß dies ab sofort sein Privatnest sei. Für die Gänse hatten die Mumpels die Waschküche vorgesehen. Aber die Gänse wollten frei im Hause herumwandern, schließlich gehörten sie zur Familie.
Nachdem auch das bißchen Gepäck ins Haus verfrachtet war, fanden die Retter es höchste Zeit, endlich selbst an die Wärme zu kommen. Aber als die Zwillinge auf Dec und Sereina zugingen, um sie ins Haus zu bitten, bekamen sie keine Antwort.
Nerina stupfte Dec an und begann zähneklappernd: «Du, entschuldige die Unterbrechung, aber wir frieren so. Wollt ihr nicht hereinkommen und...»
«...uns etwas Heißes zum Trinken machen?» fuhr Nerita fort und stupfte ihrerseits Sereina. Da plumpsten die Letzten Menschen auf die Welt zurück und merkten plötzlich, daß sie erbärmlich froren. Sie folgten den Zwillingen ins Haus, und Dec setzte in der Küche mit klammen Fingern den Teekessel auf.
Sobald Dec sah, daß es allen wieder warm und wohlig war, kam er auf sein Sprachproblem zu sprechen: «Du, Asa, was soll ich tun? So lieb sie ist, ich versteh sie nicht. Und ich wette, sie mich genausowenig. Könnt ihr uns da wohl helfen?»

«Ohne weiteres, Dec. Ihr braucht nur gegenseitig die Sprache des andern zu lernen.»

«Das dauert aber ewig!»

«Nach eurer Methode vielleicht. Auf unsere Art geht's schnell; wir machen im Gehirn eine Art Aufnahme vom Sprachzentrum und brennen diese ins Sprachzentrum des andern Gehirns ein – und umgekehrt. Ein kniffliges Vorgehen, wie du dir denken kannst, es gelingt nur in Teamarbeit. Wir nennen es X-en. Der Haken dabei ist allerdings ... besser, du sagst es, Zoe.»

«Halb so schlimm», fuhr Zoe mit einem kleinen Lächeln fort. «Es ist nur – man dringt dabei noch tiefer in den andern ein als bei sonstigen Augen-Blicken. Die geheimsten Gedanken kommen zutage. Und nun fürchtet Asa, daß dir das nicht recht ist.» Sie wiederholte das gleiche in Sereinas Sprache.

Sereina sagte sofort: «Ich bin einverstanden.»

Dec hingegen druckste herum und stotterte: «Noch tiefer, sagst du? Also, ehrlich gesagt, ich weiß nicht so recht... Es ist nur so ... ich hatte heute den Rappel.»

«Wenn es weiter nichts ist!» meinte Zoe fröhlich. «Was meinst du denn, wie wir manchmal schlechte Laune haben!»

«Aber ich war euch gegenüber ungerecht.»

«Um so besser, wenn es jetzt vorbei ist.»

Da rief Dec ganz erleichtert: «Das ist es! Wenn es euch wirklich nichts ausmacht – dann nur los, so schnell wie möglich.»

Asa nickte. Er rutschte mit seinem Stuhl vor die beiden auf dem Sofa, klemmte ihre Knie zwischen seine Beine und zog sie mit dem Schweif so nahe an sich heran, daß sich ihre drei Gesichter fast berührten. Er schaute sie an ohne ein einziges Wort. Sereina und Dec fühlten,

daß er ihrer beider Bewußtsein zusammenkoppelte.
Er tat etwas mit der Trennwand, die ihre Persönlichkeit umgab. Wir Menschen brauchen eine Abschirmung gegen die Umwelt. Und nun kam Asa und wagte es, ein Loch hineinzuschlagen. Doch dies geschah so mühelos und selbstverständlich, als öffne er eine Tür, die eigentlich schon immer dagewesen war. Hindurchspazieren und sich mitten in den Gedanken des andern befinden war eins. Verblüfft stellten die beiden fest: «Aber das ist ja das Einfachste von der Welt. Wie ist es möglich, daß wir das nicht selber fertigbrachten?»
Kaum hatten sie dies zu Ende gedacht, da meinten sie, ihr Kopf müsse vor lauter Licht explodieren. Dec wußte, was das bedeutete: Asa war hereingekommen. Für Sereina war es neu. Sie kannte den fremden Geist nicht, der plötzlich in ihren Gedanken stand, aber sie spürte seine Wärme, sah sein Licht. Sie sah seine Heiterkeit und lachte. Gleichzeitig empfand sie seine verborgene Traurigkeit, die sie weinen ließ. Erst nach einer Weile bemerkte sie, daß dieses Wesen Asa war.
Dann trat Zoe ein, und mit ihr alle sieben Kinder. Wie eine lästige Hülle hatten sie alle ihren Körper abgelegt, Dec und Sereina so gut wie die Mumpels. Dec und Sereina kamen sie wie Lichtgeister vor, so schwebend zart waren sie und wunderfein, so feurig, so lebendig. Auch Dec, der sie seit so langer Zeit kannte, hatte sie nie in diesem Zustand gesehen.
Sereina mußte immerfort denken: Ist es menschenmöglich? Sind das die gleichen Tolpatsche, die sonst kaum etwas halten können, die schweren Gestalten, die dahertrampeln wie auf Elefantenfüßen?
Dec seinerseits dachte verblüfft: Was ist denn los, die leuchten ja. Die haben was von Engeln...

Die Mumpels, die diesen Gedanken vernahmen, lachten ihn aus: «Nur nicht übertreiben, Dec. Was du für Engel hältst, sind bloß unsere Seelen. Die sind von der euren gar nicht so verschieden, wie du denkst. Schau Sereina an. Ist sie nicht herrlich?»
«So schön!»
«Und uns ähnlich?»
«Wie eine Schwester.»
Asa kam dazu und sagte:«Siehst du, es ist nur das Grobzeug, das uns als Mensch oder Mumpel kennzeichnet: Körper, Lebensumstände. Im tiefsten Wesen sind wir nah verwandt.»
«Na, Asa und Dec», fiel Zoe ein. «Seid ihr mal wieder beim Philosophieren? Ich dachte, wir seien zusammengekommen, damit Dec und Sereina sich verständigen können?»
Da begann das X-en im Ernst. Dec und Sereina fühlten, wie sie zu zerfließen begannen. Einen kurzen Moment wurde ihnen himmelangst, weil sie glaubten, sie würden sich selbst verlieren. Aber dann kam das überwältigende Glücksgefühl, wie ein Tropfen im Meer in den andern aufzugehen. Es gab kein «Ich» mehr und kein «Du», sie alle waren eins geworden. Und das Merkwürdigste: Dec war gleichzeitig noch nie so sehr Dec und Sereina nie so sehr Sereina gewesen.
Kaum war es soweit, begann es bei Sereina und Dec tief im Kopf zu kribbeln. Sie merkten es kaum, und es war bald vorüber. Erst später vernahmen sie, daß in diesem Moment die Informationen ihrer Sprachzentren gegenseitig übertragen worden waren. Nachdem diese Operation beendet war, begannen alle miteinander zu spielen. Dec und Sereina, die als Menschen normalerweise ihren Körper nicht verlassen konnten,

brachten das im X-Zustand mühelos fertig. Sie tanzten mit den andern wie am Waldboden die Sonnenflecken, wenn im Hochsommer der Wind durch die Bäume streicht. Frei und leicht, und unbeschreiblich heiter.
Dauerte es lange, dauerte es kurz? Schwer zu sagen. Mit der Uhrzeit kann man das X-en nicht messen. Es spielt sich außerhalb von Raum und Zeit ab.
Als Dec und Sereina später wieder in ihrer alten Haut steckten, redeten sie miteinander, und jeder verstand die Sprache des andern und sprach sie fehlerlos.
Was die kleine Seelentür betrifft, die ließ sich, einmal aufgebrochen, immer wieder öffnen. Die beiden Kinder besuchten sich oft auf diesem Weg.
«Als wären wir selber Mumpels», sagten sie voller Stolz.

Sereina kennt die Lösung

Als Sereina am ersten Morgen nach ihrer Ankunft die Treppe hinunterkam, traf sie auf Dec und Hipp, die sich mit Jakob unterhielten.
«Schau dir bloß diesen Vogel an!» rief Hipp ihr zu.
«Hat sich einfach in den Briefkasten einquartiert.»
Sereina lachte und trat an die Anmeldetheke. Dahinter lagerte Hannibal auf einer dicken Schicht von duftend grünem Algenstroh und mampfte Seetang.
«Hab nie geglaubt, daß der noch zu retten wäre», sagte Sereina. «Und die Gänse und den Pelikan, wo habt ihr

die untergebracht? Dem alten Gänserich begegnete ich soeben im oberen Gang, wo er sich den Schnabel am Geländer wetzte.»
«Das geht in Ordnung. Deine Gänse haben einen kolossalen Familiensinn. Sie behaupteten, sie seien mit dir verwandt, Sereina», antwortete Hipp. Sereina erzählte, wie sie damals im Bergtal zu ihrer Familie gekommen war. «Ich hatte sie lieb, als wären sie wirklich Menschen. – Aber gottseidank spielt das keine Rolle mehr. Bald können ja unsere eigenen Leute vom Mond herunterkommen. Stellt euch vor, wir haben unterwegs grünes Gras gesehen.»
«Grünes Gras!» schrie Dec. «Ehrlich, ist das wahr? Grünes Gras?»
Hipp war weniger begeistert. «Nur neues Futter für die Pest», brummte er.
«Die Pest ist praktisch vorüber», widersprach Sereina. «Hie und da schäumt noch ein Baum, das ist wahr, besonders in den Bergen. Aber weiter unten waren die meisten Baumüberreste eingetrocknet, und überall begann ganz wenig Gras zu wachsen. Also kommen unsere Leute bald zurück. Wie ich mich freue!»
Hipp gab keine Antwort. Langsam stellten sich die Haare auf seinem Kopf in die Höhe und blieben steif aufgerichtet stehen.
«Was ist denn mit dir los?» fragte Dec erschrocken. Das hatte er bei seinem Freund noch nie wahrgenommen. Hipp aber schlug die Augen nieder und schwieg. In diesem Moment kam Cilla gelaufen. Beim Anblick ihres Bruders blieb sie betroffen stehen und fragte bloß: «Mit wem, Hipp?»
«Mit Sereina. Sie freut sich so, daß ihre Leute bald vom Mond herunterkönnen.»

Bei diesen Worten sträubten sich auch die Flechten der Schwester und standen stramm. Da tauchte Zoe auf.
«Guten Morgen, Kinder, gut geschlafen?» Aber kaum sah sie die gesträubten Haare, kam es wie ein Echo: «O nein doch, mit wem denn bloß?»
«Mit Sereina. Sie freut sich so, daß ihre Leute bald vom Mond herunterkönnen.»
Und schwupp! stand auch Mutter Zoes Haar aufrecht. Endlich erschien Asa, der nachschauen wollte, wo sie alle blieben.
«Nanu, mit wem habt ihr auf einmal solches Mitleid?» fragte er.
«Mit Sereina. Sie freut sich so, daß ihre Leute bald vom Mond herunterkönnen.» Sereina und Dec schauten gespannt auf seinen Kopf, und jawohl, bolzengerade stellten sich auch seine Haare auf.
«Mitleid bedeutet das», sagte Dec verblüfft. «Aber warum sollte Sereina sich nicht freuen, daß ihre Leute...»
«Weil sie es eben nicht können», sagte Zoe leise. «Auch nicht in zwei-, dreihundert Jahren.»
«Heißt das ... ich sehe meine Eltern nie wieder?» rief Sereina.
«Und ich meinen Vater und Peggysimon auch nicht?» jammerte Dec.
Schweigen. Jedes einzelne Härchen steckensteif. Endlich wandte Asa sich an Dec: «Jetzt weißt du es, mein Junge. All die Zeit haben wir nie gewagt, es dir zu sagen. Zwei, drei Jahrhunderte, und das ist eher knapp bemessen.»
«Aber warum denn? Ich schwöre, ich habe mit eigenen Augen gesehen, daß die Pest fast erloschen ist», wimmerte Sereina.
«Sie kann eingekapselt in einem Baumstrunk sehr lan-

ge überleben, auch ohne Nahrung. Wehe aber, wenn sich etwas Eßbares zeigt. Denk an dein Tal.»
«Aber wir haben das Gegengift», beharrte Dec. «Ich weiß, was noch an Algen da ist, reicht nirgends hin. Aber es geht ja um das Carolambosara, das drin enthalten ist. Da ihr die chemische Formel kennt, läßt es sich doch bestimmt künstlich herstellen?»
«So...?» sagte Asa gedehnt und streckte seine plumpen Tatzen aus. «Was können wir schon anfangen mit diesen Klumpenpfoten?»
Da riefen Sereina und Dec wie aus einem Mund: «Wir machen es! Wir haben Hände!»
Asa schüttelte den Kopf. «Diesmal genügt es nicht. Hier braucht es Hände mit Fingerspitzengefühl für chemische Dinge. Ich spreche von einer Begabung, wie man sie in keiner Schule erlernen kann. Man hat sie, oder man hat sie nicht.» Nach einer kleinen Weile fügte er hinzu: «Ihr habt sie nicht.»
Zögernd bemerkte Sereina: «Vielleicht gibt es auf dem Mond Leute mit solchen Händen?»
«Ein paar wenige vielleicht, das kann sein. Doch es ist zwecklos, sich darüber zu unterhalten. Wir Mumpels müßten bei der Produktion mithelfen. Wir müßten uns zeigen.»
Sereina sah, daß es den Mumpels ernst war mit ihrer Ablehnung. Still begann sie vor sich hin zu weinen. Dec hingegen bekam vor Eifer ein rotes Gesicht. Er schluckte leer, dann sagte er: «Asa. Zoe. Bitte, hört mir zu! Ich kenne einen Chemiker mit solchen Zauberhänden. Wenn jemand angeborenes Fingerspitzengefühl hat, dann er. Er ist als Fachmann berühmt. Vor allem aber könnt ihr ihm vertrauen wie Sereina und mir. Ich schwöre es. Es ist mein Vater.»

«Sein Vater. Habt ihr das gehört, sein eigener Vater! Ja, dann...». Die Haarbüschel glätteten sich. Auf den Gesichtern der Mumpels zeigte sich der bekannte abwesende Ausdruck als Zeichen, daß sie sich berieten. Schließlich legte Asa sein Schwanzdreieck auf Decs Schulter: «Dec, was du vorschlägst, ist sehr ernst. Sei dir im klaren: Wenn du dich irren solltest und die Sache schiefgeht, hast du die ganze Menschheit auf dem Gewissen.»

Unerschrocken blickte Dec zurück. «Ich weiß es, und ich bleibe dabei.»

Totenstill wurde es im Zimmer. Auge in Auge standen sie, der mächtige Mumpel und der kleine Junge. Dann neigte Asa in feierlicher Gebärde den Kopf vor dem Jungen. «So sei es denn. Wir sind einverstanden.»

«Daß wir uns aber richtig verstehen», fügte Zoe als Schlußwort hinzu, «wir wollen nur Decs Vater, und niemanden sonst. Wir müssen ihn vom Mond herunterlocken, ohne daß die anderen etwas merken. Dazu braucht es einen Plan. Doch Pläne schmieden heißt in die Zukunft blicken, und darin sind wir keine Helden. Wir helfen gerne mit, aber wie es gehen soll, das erfindet ihr besser selber.»

«Schließlich habt ihr den ganzen Winter Zeit, darüber nachzudenken», meinte Hamlin ein wenig vorwitzig.

«Das ist richtig», bestätigte Asa. «Für die Herstellung des Serums braucht es Sonnenbestrahlung von einer Kraft, wie wir sie erst im Frühling wieder erreichen.»

Es wurde es ein harter Winter. Es schneite, hagelte und gefror – und gefror, hagelte und schneite wie nicht mehr seit Menschengedenken. Draußen tobten eisige Stürme. Es wurde grimmig kalt. Doch es war keine

Menschheit da, sich dagegen zu wehren. Wo einst Schornsteine und Fabrikschlote gequalmt hatten, kräuselte jetzt nicht das kleinste Räuchlein aus einem Kamin. Wo in der Großstadt dichter Stoßverkehr geherrscht hatte, lag der Schnee hoch und wattig und blieb unberührt wie in der einsamen Tundra. Kein tröstendes Lampenlicht erhellte abends die Fenster. Die Erde lag unter einer glitzernden weißen Decke wie aufgebahrt unter einem Leichentuch. Tot.

Nirgends Leben – außer in jenem Haus irgendwo an der südöstlichen Küste. Ein bißchen unordentlich war es schon mit den vielen verschiedenen Bewohnern, die alle durcheinander sprachen, gackerten, krächzten und i-ahten. Auf der Heizung trocknete Seetang als Spreu für die Tiere und erfüllte sämtliche Räume mit einem würzigen Geruch, der später für Menschen wie Mumpels unverkennbar zu dieser Zeit gehören sollte.

Gut war der Geruch, gut war die Zeit. Dec und Sereina hatten begonnen, die Heilkunst der Mumpels zu erlernen. Aber sie hatten auch ihren Spaß an närrischen Einfällen und am Herumtollen im Schnee, am unerschöpflichen Vorrat von Geschichten, die abends vor dem Feuer zum besten gegeben wurden. Vor allem aber war es eine gute Zeit wegen der Hoffnung, daß auf Erden auch in Zukunft wieder Geschichten entstehen möchten – und Eltern da sein würden, sie ihren Kindern zu erzählen.

Für Dec und Sereina lag in der Herausforderung, etwas möglich zu machen, was unmöglich schien, ein besonderer Reiz. Sie verwandelten sich von bejammernswerten Letzten Menschen in stolze Pioniere.

Und tatsächlich, siehe da. Eines Morgens, es ging schon gegen Frühling, kam Sereina die Treppe herun-

tergepoltert und rief schon von weitem:
«He, alle herhören! Jetzt weiß ich, wie wir Decs Vater vom Mond herunterlocken können!»

Aber wie ihr Plan aussah und was dann passierte ... ja, das ist eine neue Geschichte.

Inhalt

Vorspiel	5
Das Rätsel der alten Handschrift	9
Die blaue Farbe	15
Die 13. Prophezeiung	20
Ein genialer Erfinder	23
Aktion Strickstrumpf	28
Sereina	32
Alarm	35
Luzius' liebe Kultürchen	39
Wiederholt verwarnt	45
Der Mondwald	49
Wie man Babys das Schreien abgewöhnt	52
Rezept für Schule ohne Schule	55
Menschenkonserve	57
Lärm in der Werkstatt	59
Die brennende Würstchenbude	62
Die angespülte Hochzeitstruhe	66
Auf Leben und Tod	68
Strandspuk	76
Autofahrstunden bei sich selbst	82
Fliegende Vögel	86
Die Steinlawine als Lebensretter	89
Das grüne Tal	95
Der unheimliche Regenmantel	97
Der Augen-Blick	105
Freund Hipp	110
Die Mumpelfamilie	116
«...und haben uns Menschen kein Wort gesagt»	123
Duell mit Asa	130
Schwarze Schatten	136

Die Flucht	141
Hannibal muß schwimmen	149
Der verräterische Wasserfall	153
Onkels Porträt und wozu ein Banksafe gut ist	161
Der Georgshügel	170
Das Abflußrohr	175
Das Elektrizitätswerk	181
«Baby is crying»	187
Das Gesicht in den Kohlen	190
Ganz ohne Schuppen	197
Das X-en	200
Sereina kennt die Lösung	204

Hat Euch «Die 13. Prophezeiung» gefallen? Dann habt Ihr vielleicht Lust, zwei andere, sehr spannende Bücher aus unserem Verlag zu lesen. Hier sind sie:

Dschingis, Bommel und Tobias
von Beat Brechbühl

Jeden Morgen, nachdem die Mutter zur Arbeit gegangen ist und bevor er selber zur Schule muß, bleibt Tobias eine halbe Stunde Zeit. Er stellt sich den Wekker, setzt sich vor seine chinesische Teekanne und denkt sich Geschichten aus. Aber auch in der Schule und mit den Freunden geschieht Abenteuerliches...

geb., 176 Seiten
ISBN 3-312-00707-0

«Ich weiß noch, wie es anfing: Raimund und Faja waren Königssöhne. Ihr Vater hieß Samuel und ihr Großvater Morngx, und in Wildland waren alle Quellen verschüttet; keiner wußte, warum...»

Faja, König von Wildland
von Nortrud Boge-Erli

So beginnt die Geschichte, die sich Fabian und Raimund ausdenken. Doch bei einem Ausflug verläuft sich Fabian in der Tropfsteinhöhle. Und während er durch die Gänge irrt, gerät er auf einmal in eine Anderswelt. Sie gleicht jenem Wildland, das Fabian und Raimund sich ausdachten. Doch sie ist geheimnisvoller und gefährlicher.

geb., 192 Seiten
ISBN 3-312-00711-9